Fan
ファン文庫

七まちの刃
堺庖丁ものがたり

著　遠原嘉乃

マイナビ出版

もくじ

プロローグ　〇〇四
第一話　とんかつと牛刀　〇一二
第二話　鱧と骨切り包丁　〇六五
第三話　古墳と昆布と煙草包丁　一〇八
第四話　たまごサンドとパン切り包丁　一四〇
第五話　水茄子と三徳包丁　一六八
第六話　穴子と出刃包丁　一九三
第七話　金魚と夏祭りと水本焼包丁　二二九

プロローグ

「凪《なぎ》、早よ手洗ってきぃ。夕ご飯できたで」

母屋から呼ぶ母の声に、凪は仕事の手を止める。

作業場から出ると、外はもうすっかり暗くなっていた。

母屋と作業場を繋ぐトタン屋根の継ぎ目から、刃《は》のような薄い月が空に昇っているのが見える。

今日は柳刃《やなぎば》のようだ。

月を見上げるたびにそれが細いものだと、包丁の刃にたとえてしまう癖が凪にはあった。

柳刃は刺身を切るときに使う包丁だ。だから、つい凪は近くに魚座がないかを探してしまう。だが明かりが多い堺の町では、星は数えるほどしか見えない。

昔は魚座のことをおさかな座と間違って呼んでいて、お刺身にされるために夜空に浮かんでいるものと、勝手に思い込んでいた。

夜の魚はどんな味がするのだろう、と涎《よだれ》を垂らしたものだ。

月を見上げていると、ぐぅとお腹が鳴る。夕ご飯に呼ばれたことを思い出して、手洗い場でさっと汚れを落としてから、母屋へ入った。

「あんた、ちゃんと手を洗ってへんやろ」

ジャージのズボンで手を拭いているところを、母の春子《はるこ》に見つかってしまった。

「ああ、もう！　黒いの、ついているやん！」

汚れが残ったままだったので、手の跡がズボンに黒く残っていた。

高校時代から着ているジャージだから惜しくもないし、普段から作業着にしているんだから気にしなくてもいいのに、と凪は思う。

「あんたは洗濯せぇへんから気にならへんのやろう、まったく」

卓袱台《ちゃぶだい》に着こうとする凪の手をぴしゃり、と春子は叩く。

「ちゃんと洗ってきぃ」

「えー、お腹すいたのに」

すでに並べられている食事を前に、凪は不満を訴える。

だが母のひと睨《にら》みに、すごすごと手を洗い直しに行った。

指先が黒く染まっているときは、外の手洗い場で洗うのが決まりだ。包丁の刃を削るときに出た黒錆の粉が、洗面台を汚すからだ。

蛇口をひねると、勢いよく水が流れ出て、黒錆が排水口へ吸い込まれていく。あらかたの汚れが取れたら、今度は丹念に爪の間まできれいに洗い上げる。

手を上げたまま、もう一度母屋へ戻ると、今度は春子が大きく頷いた。

祖父の玄一《げんいち》は黙って、卓袱台に座っている。

細い体軀《たいく》だが、まだ枯れているとは言えない。肩から腕にかけて、太くしっかりとした筋肉がついていた。祖父を見るたびに、凪は古木を思い浮かべる。

長い年月風雪に耐え、大きく根を張り、太い幹を育てた古木を。

祖父はぬる燗をおちょこに注《つ》ぎながら、ちびちびと舐めている。

テレビでは玄一のお気に入りの歌謡曲番組が流れていて、ちょうど都はるみが「大阪しぐれ」を歌っていた。

「いただきます」

あんかけ豆腐を頰ばろうと大口を開けた凪に、春子は唐突に切り出した。

「あんな、おじいちゃん、入院することになってん」

「え？」

凪はあんかけ豆腐を箸から落とした。幸いご飯の上に落下したので、ことなきを得た。

「春先から調子が悪かったやろう」

たしかに玄一は春先から不調を訴えており、何度か病院へ行っていた。歳のせいやろう、と玄一が検査を嫌がったせいもあって、はっきりとした原因はわからずじまいだった。

だが、春子の強い説得もあり、渋々検査入院することにしたのだ。

「検査の結果が悪かったら、そのまま入院やねんて」

「そうなんや」

「なにを驚いてるん。ただの検査入院やで」

そう言われても、と凪は唇を尖らせた。

凪の記憶にある限り、玄一が家を留守にしたことはほぼないのだ。高落《たかおち》家に根付いた古木のような存在が、急にいなくなるのは、心もとない。

「まぁ、検査結果が悪かったら、しばらく入院やけどね」

たいしたことないって、と春子はバシバシと凪の背中を叩く。

「……なんで、いったん上げてから落とすんよ」

「事実を述べたまでやんか。そこでな、私も病院の近くにいようと思ってな。ちょうど椿《つばき》の家が近くやから、しばらく居候《いそうろう》させてもらうことになってん」

椿というのは、凪の姉だ。現在は家を出ており、職場に近いマンションでひとり暮らしをしている。

「え、でも入院する病院、家からでも通えるやん。うちのご飯はどないなるん？」

思わず凪は訊ねてしまう。

「あんた、自分でご飯くらいつくりぃや。包丁に携わる仕事をしているんやったら、それくらいできるようにならんと」

「えー」

凪は頬を膨らませる。

高校を卒業してから一年ほどしか経っていないが、凪は実家の高落刃物製作所《はものせいさくしょ》で、包丁を研《と》ぐ仕事をしている。

「えー、ちゃうわ」

祖父の玄一は、いわば師匠のようなものだ。

凪の家は代々、堺で刃付けを生業《なりわい》にしている。

堺の刃物産業は分業制で、鍛冶と刃付けとにわかれている。刃付けは簡単に言えば、包丁に刃を付ける仕事のことだ。鍛冶で鍛えあげられたばかりの包丁ではものはうまく切れない。刃先の角度が大きいままだからだ。角度が小さいほどよく切れるようになるので、研ぎ削ることによって鋭い刃にするのが、刃付けを担う職人の仕事だ。

高校を卒業するにあたって、進学も就職もせずに凪は家業を手伝うと決めた。

もちろん、母は猛反対したが、誰より反対したのは祖父の玄一だった。

「女の子はそないなことせんでもええ」

玄一は何度もそう繰り返したが、凪は進学も就職も決めないままに高校を卒業することで、家に居座ることに成功した。

「働かざる者食うべからず」が信条だった春子がまず折れて、仕方がないからと玄一の仕事を手伝うようになったのだ。

幸い季節は夏へ向かっている。

海外との取引もあって、昔と比べると忙しいが、夏は業界が閑散期にあたるから入院するには都合が良い。

「そない言うても、じいさんはご飯なんてろくにつくられへんやん」

「焼き魚くらいは焼けるで。しかも七輪で。煙がすごいから、最近は外でできへんようになったけど、あれは絶品や」

「包丁使えへんやんか。そんくらいうちでもできるで」

「魚グリルで消し炭をつくったんは誰や。あれ、焦げついていたから、掃除大変やってんで」

それは、春子が家を留守にするからと、夕ご飯の支度を凪に任せたときのこと。白ご飯、アジの干物、奈良漬け、お味噌汁といったメニューで、炊飯器のスイッチを押すだけ、お味噌汁も温めるだけでいいように、春子は準備しておいたのだ。

アジの干物だけグリルで焼いておいてほしい、と凪に言い残して出かけた春子が帰宅してみると、室内は焦げ臭い匂いが充満しており、グリルの中のアジは丸焦げになっていた。

「……いつの話やったっけ？」

凪はとぼけるが、春子の鋭い眼光はそれを許していなかった。

「まぁ、あんたは自分のこと、ひとりでできるようにならなあかんからな。練習や、練習」

「えー、練習せんでもええから、本番ぶっつけでええよ」

「練習もなしに本番する気なん？　うちが火事とかいややで」

椿はまったくそないな練習をせんでもよかったんやけどな、とぼやかれても、凪の知ったことではない。安心・安定・計画性第一で、完璧主義の塊のような姉の椿と一緒にされては困るのだ。

再三再四、凪は訴えたが、春子の意見は変わらないままだった。

しまいには「しつこい！」と叱られ、なぜか前倒しで春子は玄一を連れて家を出て行ってしまった。

家を出る前、玄一は日頃から凪に何度も繰り返し伝えたことを、もう一度口にした。

「女の子はそないなことせんでもええ」

春頃から仕事は、徐々に減らしてあったのだ。夏の間中、作業所を閉めても特に問題はない。

「働かざる者食うべからずやで、じいさん。毎日のおまんまを稼ぐくらいは甲斐性を見せなあかんやろう」

玄一はもっとなにか言いたげだったが、凪は明るく振る舞うことで続きを口にさせなかった。

こうして、凪はひとりで家を預かることになった。とは言っても、毎日することは変わらない。

日々の食い扶持《ぶち》を稼ぐこと、つまり刃物を研ぐことだ。

第一話　とんかつと牛刀

料理人にとって包丁は武器だ。

一番大事なのは切れ味。長い間研がずにいても切れ味が持続する、いわゆる切れ止《や》みにくさ。そして、しっくりと手に馴染む刃の重さと柄。

調理場という戦場を生き抜くために、包丁は欠かすことのできない、いわば相棒だ。

一日の終わりに、毎日必ず料理人は包丁の手入れをする。

けれど、どんなに丁寧に手入れをしても、どうしても直し切れない小さな歪みが出てしまう。

だから料理人の中には、定期的に専門の職人にメンテナンスをしてもらう人も少なくない。

大阪市内でとんかつ屋を営む多津子《たづこ》も、そのうちのひとりで、月一度の休みにあわせて、馴染みの職人のところへメンテナンスに出すことに決めている。

普段は一秒でも惜しいと忙《せわ》しなく過ごしているが、休みの日だけはのんびりと路面電車に乗り、職人の家を訪ねるために南へ下っていくのだ。

途中乗り換えついでに住吉大社《すみよしたいしゃ》で下車し、お参りも欠かさない。初辰《はったつ》まいりで商売繁盛を祈願してから、もう一度電車に乗って大和川《やまとがわ》を越える。

川向こうは堺の町だ。

大阪市内と比べると建物は低く、市庁舎だけが際立って高く見える。

やがて鳥居が見えてきたところで、「次は高須《たかす》神社停留所」とアナウンスが車内に流れた。多津子は降車ボタンを押し、荷物を抱える。

路面電車を降りると、赤い柵と鳥居が目に飛び込んできた。

停留所の真横が神社という変わった場所である。

その風変わりな光景を写真に収めようと、カメラのシャッターを押している人をたまに見かけることがあった。

もとは、鉄砲鍛冶の繁栄を祈願して建立されたというお稲荷さんだ。堺の町が時とともに変わっていったように、刃物鍛冶も繁栄祈願の対象に含まれるようになったのだ。

多津子のような商売人にはあまり関係のない神社だが、これから訪ねる相手には縁深いところなのかもしれない。

と言っても、その相手はお参りをするような性質《たち》の人間ではないが。

十分も歩かないうちに、馴染みの看板が見えてきた。

緑青《ろくしょう》のふいた看板には「伝統工芸士」というシールがぺたりと貼られている。

――高落刃物製作所。

多津子は呼び鈴を鳴らすことなく、玄関の扉を開いた。昔馴染みの勝手知ったる家だ。いつものように入ろうとした瞬間、目の前に広がる光景に多津子は足を止めた。

ひと言で言えば、惨状だった。

母屋の玄関には広い三和土《たたき》とそれに連なる居間が見えるのだが、そこには洗濯を待つ衣類が廊下の方々に散らかっており、生乾きの洗濯ものが頼りなく鴨居に干されている。食べ終わったお弁当がコンビニ袋に入れられたまま列をなして、ごみ捨ての日を待っているというありさまだった。

ぴしゃり。

見なかったことにしようと思い、多津子は玄関の扉を閉じた。

母屋には誰もいる気配がなかったので、多津子は横にある狭い石畳の路地を抜ける。奥まったところに、歴史の重みを載せた古びた屋根瓦を葺《ふ》いた木造の作業場があった。

多津子はそのガラス戸をがらりと開ける。

裸電球の明かりしかない、薄暗い室内。

水車のように回り続ける円い砥石――円砥――の前で、少女が包丁の刃を研いでいた。

何度も包丁を砥石に押し当てては持ち上げ、真剣な眼差しで確認する。刃は研がれるたびに水飛沫が上がり、かすかな火花が散った。

「お客さんやで」

しかし反応はない。

「凪！　お客さんや！」

多津子が声を張り上げると、凪は渋々手を止めた。

「なんやねん、多津子おばちゃん。せっかくええとこやったのに」

凪は多津子のほうを振り返ることなく、刃先を指に押し当てた。いつも多津子は凪が手を切らないのかとひやひやするが、加減がわかっているのだろう、特に切れることはない。

凪に言わせると、手のひらをまな板代わりに、包丁で豆腐を切っている人のほうが見ていて怖い、のだそうだが。

防錆剤《ぼうせいざい》を溶いた真緑色の水に、凪は先ほど研いだばかりの包丁を沈めた。

鋼《はがね》の成分が多いものは一度研ぐと、その瞬間から錆びはじめてしまう。だから作業途中のものはこうやって防錆剤入りの水につける必要があるのだ。

「で、今日はどないしたん？」

凪は腰に吊るしたタオルで手を拭きながら、訊ねてきた。

身だしなみに気を遣わないところは相変わらずだな、と多津子は思った。

凪はダサくて有名な母校のジャージを卒業してもなお着続け、足もとには下駄をあわせている。服のところどころが黒く汚れているのは、包丁を研ぐときに黒錆が飛ぶからだ。

櫛の入っていないボサボサの黒髪は、こぼれないようにヘアピンできっちり留め、ひとつにくくられていた。

でもなぁ、と同時に多津子は思う。

「高校を卒業してまだ一年ほどしか経っていないうら若い身やのに……。あんた、おしゃれもせんと」

ヘアピンのひとつでも変えるだけで映えるで、と多津子は助言する。

「ええやん別に。仕事には困らへんよ」

「そうやけどな。あんた、せっかく可愛らしい顔をしとんのに。もったいないで」

「そうは言っても、すぐに汚れるんやから」

凪はからからと笑い飛ばした。

多津子は大きなため息をついて、凪に紙袋を手渡す。

「いつものや」

中には新聞紙に包まれた包丁の束が入っており、凪は目にした瞬間、「今月も多いなぁ」と呟いた。

「おかげさんで、ぼちぼちやっている証拠や」

誇らしげに返す多津子に、「それはええことで」と凪は小さく笑った。

研ぎの仕事は包丁に刃を付けるだけではなく、研ぎ直しなどのメンテナンスにも対応している。多津子のように直接持ち込む場合もあれば、郵送してくるケースもある。

「うんとええ千切《せんぎ》りができるように研いだるからな」

多津子のこだわりは、とんかつをはじめとする揚げものだけではない。脇に控えるキャベツの千切りの質も重要だ。

揚げものの脂っこさを包み込むようなキャベツの繊細な清々しさ。

細くてふわふわしていて、でも歯ごたえがあって、嚙めば水気が溢れる。

そんなキャベツを添えるために、湯通しして余計な水気を絞るだけではなく、繊維を潰さないように柔らかく仕上げるために、包丁の切れ味をよくしておく必要がある。

「ってか、ぼちぼちどころやないでしょ。人が足りへんってぼやいているってお母ちゃんから聞いたで」

もともと客足の絶えない店だったが、朝の関西ローカル番組で紹介されてから、捌《さば》き切れないほどの客がやって来ているという話だ。

「そうなんよ。アルバイトの子を入れたいとは思っているんやけどな。でも厨房で働ける子がおらんくてな、困っているねん」

厨房は基本的に多津子がひとりで切り盛りして、接客をアルバイトの子に任せるというスタイルをとっていたが、さすがにふたりで捌《さば》き切れる人数には限度がある。

「またええ子がおったら、紹介してな」

「それはお母ちゃんに言うたほうがええと思う」

普段から自宅と敷地内の作業場を往復するだけの凪とは違い、凪の母は交友関係が広い。

「そうや、気になってたんやけど、今春子さんお留守なん?」

「お姉ちゃんのところにおる。じいさんが検査入院しているから病院に近いところでしばらく過ごすんやって」

堺市のこの家からでも通えない距離ではないが、連日ともなると負担が大きいという判断から、春子は大阪市内に勤める長女の家に居候している。

なるほど、と多津子は膝を打つ。

母屋が荒れた理由も、春子の不在が原因なのか。目の前にいる少女は包丁を研ぐこと以外、ろくにこなす気がないのだ。

玄一がしばらく入院するという連絡は来ていたが、まさか春子まで不在とは思わなかった。

「母屋は人が来るんやし、もうちょっときれいにしぃや」

思わず小言が多津子の口から漏れる。

「ええやろう、爺ちゃんがおらんから、目当ての客もそないに来うへんし」

「あんた、新規のお客さんが来たらどないするの？」

商売人らしく多津子は尋ねる。

「包丁を研ぎますなんて看板を出しているわけやないし、こないやろう」

あっけらかんと凪が言うものだから、多津子は呆れてものも言えない。

「……玄一さん、検査入院やって言うとったけど、どこかお体悪いん？」

多津子は、高落刃物製作所の主人である玄一とは、彼女が店をかまえた二十年前からの付き合いだ。

「どっか悪いというか、全体？　じいさんももう歳やしな。身体のどっか、ガタが来てもおかしくないやろう。春ごろから調子悪いって言うとったし」

八十を越えてもなお現役であることのほうが、すごいことなのだ。

「さ、多津子おばちゃん。うちは出かけるさかいな、包丁はまた仕上げてお店のほうへ届けるわ」

「いつもおおきにな。……まさかやと思うけど、あんた、その格好で行くつもりなん?」

目をそらす凪に、多津子は「風呂くらい入って行きや」と本日二度目のため息を漏らした。

週に一度、凪は伝統産業会館へ研ぎに出る。もともとは玄一の仕事だったが、入院しているので、凪が代打で通っているのだ。

会館は、人々に堺の伝統産業に触れ合ってもらう機会を設けるための施設であり、さまざまな体験ができるように工夫が凝らされている。

刃物、線香、和晒《わざらし》、緞通《だんつう》、鯉のぼり、昆布——。

どれも堺の伝統産業として、地域に根付いているものたちだ。

凪の家から会館までは自転車で行ける距離なのだが、雨が降ると多津子に聞いたので、路面電車を選んだ。

普段家から滅多に出ない凪は、高校に通っていた頃ほど天気を気にしなくなり、天気予報を見る習慣もすっかりなくなってしまっていた。

車窓から初夏の風が吹き込んでくる。カラッと乾いていればいいのだが、雨の前の、わずかな湿り気を含んでいた。

そんな風がまだ水気の残った重い髪を揺らす。多津子に言われたとおり風呂に入ったが、烏の行水で、きちんと乾かなかったのだ。

車内にあたたかな日も差し込み、凪はうとうとしてしまう。がたんごとんと電車がのんびり揺れるたびに、どんどん瞼が重たくなっていく。

まどろんでいると、車内放送が目的地の妙國寺《みょうこくじ》前を告げた。慌ててがま口から小銭を用意して、飛び降りるように下車した。

蔵のような佇まいが、紀州《きしゅう》街道沿いに連なっている。これが堺の伝統産業が一堂に揃う会館だ。

週末には有料で一般客からの包丁研ぎの依頼を請け負っている。包丁研ぎの講習会もあるのだが、凪はまだ講師として行ったことはない。

建物は二階建てで、一階は堺のお土産の販売と展示・実演スペース、二階は包丁の展示と販売を行っている。

階段を挟んだ東側のお土産もののスペースに一礼をし、凪は実演スペースへと移動した。

ガラスで隔てられた部屋には、三台の円砥《えんと》が並んでいる。

そのひとつに向かい、凪はバケツに汲んだ水で丸い砥石を濡らしながら、モーターのスイッチを押す。のろのろと回転を始めた砥石に、水がまんべんなく行き渡れば、準備は完了だ。

今日研ぎの依頼が出ているものの内訳を確認する。どれもそう難しいものではないから、と凪はさっさと研ぎにかかった。

砥石の上を水が走る。そこに刃を当てると、飛沫が上がり、刃が削れていく。何度も当てながら、切れ味を蘇らせていく。

包丁は摩耗していくものだ。長年使い続け、何度も研いでいけば、当然小さくなっていく。だから長く使えるように、適切に研がなければいけない。

研ぎすぎても、研ぎが足りなくても、だめだ。その塩梅《あんばい》を凪はまだ師である祖父ほど摑めていない。

でも考えている時間はないので、無心で凪は仕事をこなしていく。三時間ほどの制時間の中で、研ぎ終えなければならないのだ。

ガラス窓の向こうで研ぐ刃物の受付をスタッフがしている。多すぎると次週に繰り越す場合もあるが、仕事が溜まるのが嫌なので、凪はなるべくその日中に終わらせるようにしていた。

持ち込まれる包丁はさまざまだ。

普段家庭で使われているようなステンレスの包丁は、手入れが簡単で、錆びにくいのが特徴だ。けれど、切れ味が長持ちしにくく、刃が曲がりやすいという欠点がある。

鋼と軟鉄を組み合わせた霞《かすみ》包丁は、錆びやすい欠点があるものの、研ぎやすく、また安価であるために、手に取りやすい。

鋼のみを使ってつくられた本焼《ほんやき》包丁は、鋼が硬く、切れ味が長くもつというよさがある。だがその分研ぎにくく、錆びやすい。熟練の職人ですら扱いの難しい包丁だ。

このように包丁には、種類によっていろいろなメリットとデメリットがあるのだが、買ったものの扱いに困って錆びさせてしまう人は、少なくない。

また扱いかたを間違えて、刃を欠けさせてしまう人も多い。

その結果もう使えないと判断して包丁を捨ててしまう人もいるが、凪たちの目からしたら、修理すればまだまだ使えるもののほうが多い。よっぽどのことがない限り修理はできるのだ。

研ぎ終わった包丁の仕上がりは、新聞紙で確認する。広げた新聞紙をひっかかることなく、サァーと切ることができれば合格だ。

「すごーい！」

窓の向こうから上がる歓声に、凪はいまだに慣れない。

凪が作業をしていると、研ぎを珍しがる人たちが、窓の向こうから興味深げな眼差しを向けてくる。

（うちは見世物小屋の動物か）

一般の客はもちろんのこと、最近は海外からの観光客や雑誌の編集者などが実演を見にやってくるようになった。

伝統産業をもっと身近に感じてもらうための取り組みなので、凪は日頃よりはやや多めのサービス精神を発揮したが、きっと母の春子に言わせれば、まだ足りないのだろう。

切った新聞紙を拾い上げようと腰をかがめた瞬間――。

「……ひぃっ！」

すぐそばのガラス戸に、潰れるほど顔を押しつけている外国人の男がいて、凪は顔をひきつらせてしまう。

金髪碧眼の風貌に、思わず後退《あとずさ》る。凪は高校時代の英語の成績は赤点だったのだ。

今日は特に海外からの観光客が多い。スタッフは東南アジアからの団体の応対にあたふたしていて、助けてもらえそうにない。

凪はガラス戸のこちら側に引きこもっておこうと心に決めたが、できあがった包丁をドアの隙間から差し出そうとした瞬間を狙われてしまった。

ガシッと戸を摑まれ、凪はよろける。

顔を上げると、東南アジア系の男性が早口でなにかを熱く語っている。質問をしているらしいのだけれど、凪には意味がわからない。助けを求めようとスタッフを横目で見るが、ほかの客の対応に追われ、こちらまで手が回らないようだ。

「そんなに話しかけられても困るよねー」

ガラス戸の跡が赤くおでこに残ったままの金髪碧眼の青年が、間に入ってくれた。

少し舌ったらずな話し方だが、流暢な日本語だった。

「この人、この機械のことを聞いているみたい。これ、なんて名前？」

「円砥っていう機械で、研磨《けんま》をするために――」

凪の説明を金髪碧眼の青年が訳すと、先ほどの東南アジア系の男性は頷いて感心する。

「なんで水を流すのか、って聞いているよ」

凪が何度もバケツの水を砥石に注いでいることを疑問に思ったらしい。

「あ、それは焼きが戻るんを防ぐためや……って、焼きってわかります？」

「大丈夫ー、大丈夫ー」

金髪碧眼の青年は、難なく凪の言葉を拾い上げて、英語へ翻訳していく。

包丁は鍛えるときに、「焼き入れ」と「焼き戻し」という処理工程を経る。包丁に含まれる鋼は約八〇〇度に加熱し、急速に冷却することで非常に硬くなるので、刃はまず加熱したあと急速に冷却する「焼き入れ」の処理が大事なのだ。

冷却の工程では、刃は急冷するほどに硬くなり、逆にゆっくり冷やすと柔らかくなる。たとえば、冷却の際に油を使えば温度が急速に下がりにくく、焼きがあまくなる。一方で、水を使うと急速に冷却されるが、刃が割れやすくなる傾向があるのだ。

この「焼き入れ」の工程で刃を硬くすると、刃は弾力がないため欠けやすくなる。そのため、次に「焼き戻し」という再加熱の処理をすることによって粘り強い状態を目指す。硬度を保ちつつ、柔軟性を持たせるためだ。もしこの工程がなければ、炭素量の多い鋼はちょっとした衝撃などでも欠けやすくなってしまう。

刃の最良の状態を維持するために、凪たちは包丁を研ぐときになるべく熱を持たせないように気を遣う。しかし円砥を使うとき、摩擦熱が発生するのでどうしても包丁はとても熱くなってしまう。だから水を使い、摩擦熱を少しでも防ごうとするのだ。

「あ、そうなんだー！　知らなかった」

翻訳している青年も、目を輝かせて話を聞いている。東南アジア系男性が言っていること以上の質問をされている気もするが、伝統工芸である刃物産業を知ってもらう、そのために自分はここにいる。責任は果たしているよなと思いつつも、凪は人と関わらずにガラス戸の向こうでずっと研いでいたかったと嘆いた。


ひととおり説明をし終えた凪は、すぐにガラス戸の向こうへ引っ込んだ。

金髪碧眼の青年にお礼を言おうと思ったが、姿が見えなかったので凪はすぐに諦めた。むしろ、見物人の対応をしてすっかり疲労してしまったことを考えれば、お礼を言わずともよいのではないか、という考えが脳裏を掠《かす》める。

片付けを終えた凪は、会館を出ることにした。

だが、その前に販売スペースのお姉さま方に挨拶をしなければならなかった。以前挨拶なしで帰ったら、母にこっぴどく叱られてしまったのだ。ちなみに、いまだにどのお姉さま方も、苗字と顔がまったく一致しない。

気が進まないものの、凪は一応挨拶をする。

「お疲れさまです」

ぺこりとお辞儀をして駆け抜けようとした。だが、販売スペースのお姉さまのひとりがすかさず声をかけてきた。

「凪ちゃん、おじいちゃんが入院したんだって」

だから嫌なんだ、と凪は心の中で呟く。

避けたかった話題だったが、凪は足を止めるほかない。

「歳ですしね、検査入院で大事ないと聞いていますから」

凪は平静を装って話す。

「あら、そうなのね。なら悪いところがあっても、早いうちに発見してもらえるのでしょう。よかったじゃないの」

販売スペースのお姉さまのひとりにバシバシと背中を叩かれる。分厚い手で叩かれるものだから痛い。

「でも大丈夫なの？　お仕事のほうは？」

「いやぁねぇ、凪ちゃんがいるから大丈夫でしょう。立派な跡取りなんやし」

その言葉に凪は言葉を詰まらせてしまう。

凪は跡取りではない。

ただ家業を手伝っているだけなのだ。

それに祖父には仕事をしなくてもいい、とまで言われてしまった。跡取りになれるほどの腕は凪にはない。凪は留守番ごっこのようなことをしているだけなのだ。

でもそれを否定する言葉を発することも、また面倒で凪は微笑むばかりだ。

親切心と好奇心が交錯する会話は疲れる。

「そうよね、跡取りがいないところなんてざらにあるしねぇ」

伝統産業はどうしても後継者問題と無関係ではいられない。継ぐ人がいないため廃業する家があとを絶たない中で、堺の刃物産業は恵まれているほうではある。弟子入りする人も多いし、市ぐるみで若手育成の取り組みを行っているからだ。

それでもやはり廃業をするという話はしょっちゅう耳にする。

「凪ちゃんみたいな若い子に頑張ってもらわないとね！」

勝手なことを言ってくれると思いながら、凪はぼんやりと話を聞く。

「そうそう、潰れるって話なんだけど、菜の花亭、潰れたんよ！」

「え、洋食屋の？　ほんまなん？」

菜の花亭は北庄町《きたしょうちょう》にある洋食屋だ。安くてボリュームのあるメニューが特徴で、凪も高校時代、何度も空きっ腹を抱えて通ったものだ。

「マスターもえらい歳やったんやけど、長いこと頑張っとったんよ。でも急に倒れてもうてな。それからがらがらと容体が悪くなって、亡くなってもうて。もう店を閉めると息子さんは決めてはるから、近いうちに取り壊しが始まるんやって」

「寂しいなぁ……」

話題が変わり、お姉さま方がしんみりしている隙を狙って、凪はすばやく脱出する。

会館から一歩出ると、凪の足は急に重くなった。

菜の花亭が取り壊されるという事実が、ことのほか重く心にのしかかったのだ。

継ぐ人がいなくて絶えるもの。そういうものは珍しくはないし、なくなったとしても人は不便を感じない。

寂しいとか懐かしいとか感傷じみた言葉に浸すだけなのだ。

たぶんそれは高落刃物製作所も同じかもしれないな、と凪はうわの空で思った。


会館からの帰り、凪は多津子の店を訪ねた。

多津子の小さな店は、法善寺横丁近くの、雑居ビルの二階にある。休業日に寄ると冷蔵庫の整理と言って、残り物のおすそ分けをしてくれるのだ。

「多津子おばちゃん、食べに来たで」

カウンター席につくと、奥から多津子が出てくる。

「ちょうどよかった。残りもんを揚げ終わったところなんよ」

「店の残りもんを押しつける気なん？」

「ちゃんとしたものを食べられるんやから、ありがたくちょうだいしぃ」

凪の憎まれ口を、多津子はさらりとかわした。

実際、多津子が取り扱っているのは、鹿児島産黒豚の中でも有名なブランドのものだ。残りものと言っては、罰が当たるだろう。

多津子はまな板の上に揚げたてのとんかつを載せ、ザクサクと小気味のいい音を立てて切っていく。

「多津子おばちゃんの牛刀は、いつ見ても立派やなぁ」

凪はうっとりとした目で牛刀を眺める。

多津子はなぜか休業日にしかこの包丁を使わない。

青紙《あおがみ》二号と呼ばれる鋼でつくられたもので、多津子が一番大事にしている包丁だ。そしてこれだけは凪も研がせてもらえない包丁であったりする。

この包丁の話をしようとすると、多津子はすぐに話題を変えようとするのだった。今日も多津子は凪の顔を覗き込んでは、話を逸らす。

「昼間は暗いところやったからわからんかったけど、あんたクマがひどいな」

目の下を引っ張られて、じっくり見られる。

「若いうちからそんな肌して。もう少し気を遣わんと」

「ええやん」

凪はそっぽを向く。

「うちの師匠はよく言うとったで。よく寝て、よく食って、よく糞して、よく働けってな」

「糞のくだりは余計やな。って、多津子おばちゃんに師匠とかおったん？」

「私かて、あんたのように若い娘さんの頃はあったし、師匠のもとで修業をしていたこともあるで。最初からおばはんなわけやあらへん」

多津子は包み終わったおすそわけを凪に渡す。

「留守番は大変やけど、気張りぃ」

包みの上から感じる熱に、多津子の仕事に対する情熱に触れたような気がした。熱い包みを抱えながら、凪は家へ戻った。


玄関に立つと、母屋には明かりがついていて、凪は首を傾《かし》げる。

母の春子が荷物でも取りに戻ったのだろうか。

「ただいま。……お母ちゃん？」

散らかしていたことを叱られるな、と思いつつ、玄関を開けると、そこには着物の袖をたすき掛けにした麗しい容貌の青年が、ベージュのブラジャーを手にして立っていた。しかも足もとの洗濯籠には、洗濯が終わった服がこんもりと入っている。凪は声のかぎりに叫んでしまった。

「なに人ん家で洗濯ものを干しているんや、鋼太郎《こうたろう》！」

数年ぶりに再会した年上の幼馴染みは、不服そうな顔をする。

眉根を寄せた顔でさえ美しい。容貌のよさは相変わらずだ。

「そんな大声を出したら、ご近所迷惑でしょう、凪」

「叫びたくなる気持ちも、わかってもらわれへんかな」

凪は鋼太郎の手からベージュのブラジャーをふんだくりながら言う。

「散らかしている凪が悪いのでしょう？」

そう言われると、反論の余地がない。

「……なんでこっちにおるん？」

京都住まいの鋼太郎は、何年もの間、この高落刃物製作所に顔を出していない。

「玄一さんが入院したと聞いたから、お見舞いついでに凪の顔を見に寄ったんです」

来んでもよかったのに、と凪は内心毒づく。

「まったく凪は無用心です。母屋の鍵は開いているし、すごく散らかっているから、最初は家荒らしにあったのかと思ったんですよ。まったく春子さんがいないからと言って、散らかしすぎです。あと、出かけるときはちゃんと玄関の鍵をかけてください。泥棒が入ってきたらどうするんです」

今までは常に家には誰かいたので、凪には鍵をかける習慣がない。その習慣のままに出かけてしまったのだ。

「留守を任されているというのに、しかもお客さんも来るというのに、この散らかしようはなんですか」

静かに怒る鋼太郎は、そこに座りなさいと凪を正座させる。再会早々、延々と留守を預かるものの心得を説かれるが、凪はどこ吹く風だ。さすが跡取りとして育てられた人間は違うな、と自分のことは棚にあげて感心する。

京都中の料亭に一目置かれる、老舗刃物問屋『月注《つきつぐ》』の跡取り、溝端《みぞばた》鋼太郎。たまに取引先と会うため堺へ来ているのは風の噂で知っていたが、凪は十年以上鋼太郎とはまったく顔を合わせていなかった。最後に会ったのは、凪の父が家を出た頃、十一年ほど前の話だ。

くどくどと鋼太郎のお説教が続いたが、凪のお腹がぎゅるぎゅると鳴ったところで、お開きとなった。

「とりあえず、ご飯にしましょうか。凪もお腹が空《す》いているようですし」

呆れ顔で鋼太郎は言った。

冷蔵庫は空っぽのはずだった。そのことを言うと「そんなことだろうと思って」と鋼太郎は地元スーパーの買い物袋を凪に見せた。

卓袱台におかずを並べる鋼太郎に、多津子からもらったとんかつもあると言うと、それもついでに並べてくれた。

鱈ときのこのホイル焼き、きんぴらごぼうに三つ葉を添えた新じゃがのお味噌汁。

さすが鋼太郎は老舗料亭で修業を積んだだけあって、料理がうまい。薄味ながら、素材の味を最大限に生かしたシンプルな味つけだった。

鋼太郎は、包丁を扱うには使い手である料理人のことをよく知る必要があると、大学卒業後、料亭で修業を始めたのだ。

その後も、多くの時間を包丁に携わる仕事をする人たちのもとで修業をすることに費やしてきた。

十一年前、凪の家で玄一について研ぎの修業をしたのも、その一環だ。

端整な目鼻立ちの鋼太郎を前にして、凪はもぐもぐとご飯を平らげていく。じろじろと凪に見られていても、鋼太郎は特に気にすることなく、目が合うたびに微笑む。

（……胡散臭《うさんくさ》い）

鋼太郎がなにを考えているのか図りかねて、思わず目を眇《すが》めてしまう。

「凪もすっかり大きくなりましたよね。もう高校生？」

「高校は去年卒業したわ」

「それはおめでとうございます。あんなに小さかったのに、もうそんな歳になるんですね」

凪より八つ年上の幼馴染みはしみじみと言う。

鋼太郎は凪の姉と同じ歳なので、本来なら姉の幼馴染みと言うべきだろう。

鍛冶や研ぎの修業のために堺に住んでいた頃は、鋼太郎は高校生でよく凪の手を引いて、いろいろなところへ連れて行ってくれた。

「将来はこのまま研ぎの仕事を続けていくつもりですか？」

たわいもない質問だが、凪は答えに窮してしまう。どうしたいのか、どうすればいいのか、いまだにわからないいままだった。

凪には研ぎの仕事を続けていくという確固とした理由や、跡取りという立ち位置がない。

だからと言って、ほかの仕事ができるわけでもない。包丁を研ぐ以外に能力のない人間に、世間の風は厳しいのだ。

困った顔をしていた凪に、鋼太郎は助け船を出した。

「何年かぶりに急に顔を出した私が訊くことじゃないですね、すみません」

「鋼太郎が謝ることではないと思う」

ただ鋼太郎は久しぶりに会った子どもに対して、無邪気に尋ねただけなのだ。

気まずい空気が漂う中、鋼太郎は食器を洗うために立った。

そして片付けが終わると、鋼太郎はまた来るからと言い残し、玄関へ向かう。

遠ざかる背中を見送っていると、鋼太郎がふと振り返った。

「凪、今日の月は薄いですよ。空でお魚を切るのにはいい頃合いですね」

夜空を指差す鋼太郎に、凪はそっぽを向く。

まだそんな小さい頃のことを覚えていたのか。

凪が幼い頃、魚座のことをおさかな座と間違えて呼んでいたことを忘れていなかったらしい。月が薄く鎌《かま》のように細くなると、そのたびに鋼太郎の服の裾をひっぱっては、訴えていた。

今日は空でお魚を切る日、だと。

「今はもうそんなことを言わへんから」

「そうですか。それは少し寂しいですね。ふふ、おやすみなさい。くれぐれも戸締りに用心するんですよ」

鋼太郎はふわりと微笑んだ。

彼の本質を知らない人なら、気分が高揚するだろう。でも、鋼太郎の笑顔は今でも信じてはいけない部類のものだ、と凪は知っている。

(私の心配というよりは、発注先の現場視察やなぁ……)

凪は遠ざかる鋼太郎の背を見ながら思った。

今の凪の腕では、月注から依頼を受けた包丁を研ぐことはできない。

それができるのは祖父の玄一のみだ。高齢の玄一がもし高落刃物製作所を畳むと決めたら、月注は発注先を失う。と言っても、発注先を数多く持っている月注だ。すぐに代わりは見つかるだろう。

しかし凪にとっては、事はそう単純ではない。もし高落刃物製作所を畳むことになれば、凪は仕事と居場所を同時に失うことになるのだから。

ずきりと凪の胸が痛んだ。それは祖父や廃業のことを考えてしまったからというのもあったが、十一年前に鋼太郎に言われたことのせいもあるかもしれない。思い出すたびに、その言葉は今でも凪の胸の深いところをひしゃげるほどに軋《きし》ませる。

その日、凪は特注の包丁を誤って折ってしまった。

「いったい、どれほどの意味があるんでしょうか、この仕事には」

絶望に暮れる凪に、鋼太郎はそう言った。

折れてしまった包丁を、暗い目をした鋼太郎の白い指先がなぞる。

「これからますます機械化が進んで、人の手でしなければならない必然性なんて、いつか消え失せるかもしれない。外食の普及で料理をする必要も、昔ほど多くはなくなっている。包丁なんて使えればいい、そんな風に思われていることのほうが多い。だからあらためて思ってしまう。包丁なんてどれほどの意味があるんだろうかと」

凪は、今でもその問いに対する言葉を持ち合わせていなかった。

翌朝、ガンガンとガラス戸を叩く音がした。

昨日鋼太郎がシーツを替えてくれたおかげで、布団はとても寝心地がよく、凪は寝床からなかなか出られない。

無視しようかと思ったが、戸を叩く音がやまないので、渋々布団から出た。

「こない朝早くから」

寝癖だらけの髪を掻く。柱時計の針はとうに十時を過ぎているから、そんなに早くないかと内心思う。

ボサボサ頭でジャージのまま玄関に出ると、そこには高校の制服を着た少年が立っていた。制服から見るに、凪の母校である泉陽《せんよう》高校の生徒らしい。

「ここって、包丁を直してくれるって聞いたんやけど」

誰だそんなことを教えたやつは、と思いつつ、「ものによるで」と答えた。できないと言うのは、なんとなく嫌だったのだ。

基本的に高落刃物製作所は、プロからの依頼を中心に受けている。ご近所の依頼の場合、サービスでワンコインで研いだりもしているが、それ以外は祖父と凪のふたりでは捌き切れないから、お断りしている。

特に今は凪しかいないので、下手に仕事を増やさないようにしていた。

ご近所のどなたかのお子さんだろうか。近所づきあいはすべて母の春子に任せっきりで、凪はよくわからない。

ここで断るとあとで具合が悪いかもしれないと判断した凪は、少年に声をかけた。

「……見せてみぃ」

「あ、はい」

少年は真新しい紙袋から包みを出す。

「俺は田塚《たづか》って言います。お姉さんは？」

「高落凪」

挨拶もそこそこに、凪は包丁を凝視する。

ずいぶんとくたびれた新聞紙に包まれていたのは、一本の牛刀《ぎゅうとう》だった。

刃は真ん中で無残に折れている。表面は赤錆に覆われており、触れると指の腹にザラザラとした不快なものがついた。

「もとはええ拵《こしら》えやってんな」

「こしらえ？」

田塚は言葉の意味がわからず、首を傾げる。

「つくりがええってことや」

丹念に鍛造《たんぞう》されたもののようだった。腹に厚みのある両刃《もろは》が、先端にいくにしたがって細くなっている。

牛刀とは、日本でつくられた包丁の種類のひとつだ。いわゆる洋包丁と呼ばれるもので、日本古来からつくられてきた和包丁とは性質が異なる。

和包丁の特徴のひとつは、引いて切る点だ。素材を活かすために食材の繊維を潰さないことが重要な和食では、繊細な切り口が必要なため、包丁を引くようにして切る。逆に洋包丁では効率的に切ることに重点を置いており、押して切るようにつくられている。日本では明治以降、肉食の普及をきっかけに、和包丁に西洋で使われていたシェフナイフを応用して、あらためて日本の技術で肉食に合う包丁をつくり上げた。そのひとつが牛刀である。

肉を切ることを目的としたものなので牛刀と呼ばれ、なんにでも使えるが、万能包丁として使う人も少なくない。

「直るん？」

田塚は不安そうに凪の手もとを覗き込んでいる。

「これ、残念やけど元どおりには研ぐことはできへんで」

指先で包丁の腹を触りながら、凪はきっぱりと言った。田塚の目は失意に沈み、虚ろに泳いだ。

「よう見てみぃ。まず真ん中から折れている時点でもう元どおりにはできへんやろう。刃を整えるのに短くせなあかんし、なによりこの赤錆。この錆はあかんで。芯のほうから錆びとる」

刃をなぞった凪の親指の腹には、茶褐色の跡が残る。表面上の赤錆だけならよかったが、刃を見ても、もう脆くなってしまっていて、復元不可能な状態に近い。

「もし使う気があるんやったら、えらく短くせんとあかん」

「折れた刃をくっつけることはできないんですか？」

「無理や」

すげなく凪は言う。

「せ、せめて元の大きさを生かしたまま、短くしないで研ぐことってできません？」

田塚の提案に凪は首を振る。

「あんな、いくらなんでも無理やで。たぶん、ほかのとこに持っていっても一緒や」

凪は冷たく言い放った。

そもそもどんな包丁でも元どおりにするなど無理な話だ。包丁は消耗品なのだ。研ぐたびに、包丁は摩耗して小さくなっていく。

凪たちのような職人にできることは、元あった形になるべく近づけることだけだ。

「そこをどうか、形を変えずに！」

田塚は必死に食い下がる。

深々と頭を下げる田塚に、凪はなんとかしてやりたいとは思う。

でも、凪には田塚が望むような形で策を講じることができない。

包丁は錆びついてしまえば、どうすることもできない。刃を小さくするのでさえ一か八《ばち》かの作業だ。もし刀身だけではなく、芯のほうにまで赤錆が浸透してしまっていたら、研ぐどころの話ではない。

それに真ん中から折れてしまっているのが、致命的だった。

「どうしたんですか？」

声のほうを振り返ると、入り口に鋼太郎が立っていた。

「なんで朝からおんねん」

凪は思わず憎まれ口を叩いてしまう。

「もう十時過ぎですよ。世間さまはすっかり動き出している時間ですから、来ても問題はないでしょう。それとも朝食はいらないと」

鋼太郎が買いもの袋を目の前に掲げる。今日はなすのお味噌汁ですよ、と付け加えたので、凪は苦虫を嚙みつぶしたような返答をするしかない。

「……いります」

降参した凪に、鋼太郎はすかさず畳み掛ける。

「で、こちらの方はなにかお困りなんですよね。どうなさったんですか」

鋼太郎が尋ねると、田塚はぽつぽつと事情を話した。

「なぁ、鋼太郎。さすがにこれは切らずに使われへんやろう」

凪は赤錆だらけの牛刀を渡す。

今の形のままでは、先端の尖った部分である切先ができない。そのためにも、刃の一部を切らないといけないというのが凪の見解だった。

鋼太郎もたしかに、と眉をひそめる。だが田塚の真剣な眼差しに、鋼太郎は口を開いた。

「田塚くん、よかったら包丁を研ぐところを見ていただけませんか？」

「え？」

「なに言い出すねん、鋼太郎」

思わぬ提案に田塚も凪も驚いた。

「見せてどないなるねん」

研ぎの作業を見たからと言って、田塚の気持ちが変わるわけではないだろう。動かないままの凪の手を引いて、鋼太郎は作業場へ歩き出した。

「ほら研ぎますよ、凪」

昔と変わらず、白くて大きな手だった。少し小さく感じるのは、凪も十一年の間に成長したからだろう。

田塚も戸惑いながら、少し遅れてふたりについていく。

「鋼太郎、研ぐところを見せるってどういうことや」

凪がさらに詰め寄ると、鋼太郎はあっさりと答える。

「彼は黒錆と赤錆の違いがわかっていないんですよ、きっと。だからわかりやすいように説明してあげないと」

「それはあんたの仕事やろう」

客に包丁について知ってもらうための努力は、職人である凪にも必要なことだけれど、客に説明するのは、接客を旨とする問屋の仕事だと凪は思う。

「まぁまぁ、そんなことを言わないで。まずは凪の言葉で説明してください。足りないところがあれば、僕がちゃんと補足しますから」

研いでいいのはどれですか、と鋼太郎は勝手に段ボール箱に仕舞われている包丁の生地を物色する。

「それ、商品なんやけど！」

凪は声を上げた。

鍛冶師が仕上げた刃の付いていない包丁は生地と呼ばれる。

そのままでは、とうていものを切れる代物ではなく、柄もなにもついていない状態だ。

生地を研いで刃を付けるのが、凪たち研ぎ師の仕事だ。毎日問屋を経由して段ボールで届けられる生地に、客の要望どおりに刃を付けていく。

「嘘はだめですよ。これ、研究用に買い取っているやつですよね」

鋼太郎の言うとおり、それは玄一が包丁を研究するために買い取っている生地だった。玄一は今でも腕を磨くために、貪欲に研ぎを研究している。ほかにも使われなくなり処分する予定だった包丁を譲り受けては、日々見識を深めていた。

「……わかったわ」

大きなため息をついた凪は、黒錆に覆われている生地を箱の中から出した。

「……これでいい？」

「お、しかも牛刀ときましたか！」

鋼太郎はうれしそうに手にとり、それを田塚に渡した。

「……なにこれ。めっちゃ黒いんやけど、これほんまに包丁なん？」

まるで黒い蠟《ろう》で塗り固められているような生地の外観に、田塚は目を見張る。触れれば黒い煤《すす》がつくし、普段見るような銀色の輝きを持つ包丁とは似ても似つかない外観だった。

「これが包丁や」

凪は言い切る。

生地はいわば、魂が吹き込まれていない状態だ。鍛冶師が丹精込めてつくり上げたその器に、研ぎ師が魂を吹き込む。

「ちょっとさっきの牛刀とは材質が違うんやけど」

凪はそう断りながら、円砥のスイッチを入れた。鈍く回り出す砥石の上に、凪はバケツで水を注ぐ。

水が砥石の上に行き渡る間、凪は生地を研ぎ棒と呼ばれる朴《ほお》の木枠に嵌《は》めた。

「よしっと」

凪は気合いを入れ、覆いかぶさるような形で円砥に研ぎ棒を押し当てた。シャーという音とともに、飛沫があがり小さな火花がちらついた。

田塚は目をぱちくりさせる。

「え、火花が出るんだ……」

水を張った砥石の上で研ぐものだから、どこか冷たい印象があったのだろう。

「鋼の部分を当ててると、火花が出るんよ」

ちらつく火花を気に留めることなく、凪は研ぎ続けた。塩梅がいいところで研ぎ棒から生地を外す。

黒い生地の中から、銀色の刃が鈍く露出する。まるで岩石の中から原石が現れたかのようだった。誘われるように田塚が触れようとしたところ、凪は制止した。

「まだ触るには熱いで」

一見冷たそうだが、摩擦熱で驚くほど包丁は熱くなるのだ。

「本当はあまり熱を持たさないようにしたいんやけどね。そうじゃないともう一回焼きが入ってしまうから」

意味がわかっていないらしい田塚に、凪は説明を続ける。

「この黒錆は酸化鉄っていう部類のものなんよ。熱を加えると生まれる、ある種の保護膜や。削るときはこれができないように、気をつけなあかんのよ」

せっかく研いだ刃にもう一度黒錆がついたら、また削り直さなければいけなくなる。

黒錆の中から現れた銀の切っ先を見せながら、凪は言う。

「黒錆に覆われているうちは、包丁は錆びにくい。でも一度研いでしまえば、錆びやすくなるんや」

凪は削ったばかりの包丁を防錆剤の中につけた。

「でも、同じ錆やと言ってもこの赤錆はあかん」

田塚が持ち込んだ包丁を手に取りながら、凪は言う。

赤錆とはいわば腐食だ。

表面で赤錆が留まっているうちは、まだいい。芯のほうまで腐ってしまえば手の施しようのないことになる。

錆び。

それは鋼でできた包丁の、避けることができない性質だ。

鋼は炭素量が多いおかげで硬く、何度も研がずとも切れ味が持続する「切れ止みにくい刃」ができる。しかし炭素は切れ味をもたらすと同時に錆びつくという欠点も持ち合わせている。

一方でステンレスはクロムとの合金のため、炭素量が鋼だけのものと比べ少なくなる。けれど薄い酸化被膜ができることによって、錆に強い性質を持ち合わせるようになる。

切れ味を優先するか、錆びにくくするか、どちらも一長一短だ。

「もし家の包丁に錆を見つけたなら、粉末クレンザーで磨けばいいですよ」

さりげなく鋼太郎はアドバイスを入れる。

「家庭で使うぶんにはステンレスも悪くないんよ。手入れは簡単やし、安いし。使う人次第やから、鋼が一番とかそういうのじゃないんよ」

だからわざわざ錆だらけの折れた包丁を直さなくても、家庭用なら違うものを使ったほうがいいと凪は思ったのだ。

あらためて田塚が持ち込んだ牛刀を見る。

青紙二号と呼ばれる鋼を使った包丁だ。

鋼にクロムとタングステンを加えたもので、摩耗に強いが、逆に言えば研ぎにくい硬い鋼でもある。

刃の状態がよかった頃は、きっととても美しかっただろう。

ひどい錆だったが、それは長い間ほったらかしにされていたせいで、もとは丁寧に扱われてきたように凪は感じた。

歪みはまったくと言っていいほどない。

家庭で使われていたというよりは、どこかの飲食店で使われていたもののような印象を受ける。

「だから、その包丁も使えるところを残せば、まだまだ使えると思うんや」

「……そっか。でも……」

凪の説得にも、田塚は首を縦に振らない。頑なに形を変えることを嫌がる。

「……訊きたいのだけれど、これ、誰かの形見？」

鋼太郎に尋ねられると、田塚は小さく頷きながらも、かすかに目をそらした。形見に錆びた包丁を渡す人なんて聞いたことがない。

「あんた、もしかしてどっかからこれを勝手に持ち出してきたんとちゃう？」

「……」

黙ったままの田塚に、凪はクロだと確信する。

たまにいるのだ。

他人の包丁を勝手に持ち出して、自分のもののような顔で包丁の修理を依頼してくる輩《やから》が。

「厄介事に巻き込まれるのはごめんや」

凪は田塚に包丁を突き返す。

「ちゃう！」

田塚の大きな声が爆《は》ぜるように作業場中に響いた。

「あいつらはこれを捨てようとしたんや！　どない大事なもんかも知らんと！」

田塚は怒りに肩を震わせる。

「捨てようとしたって、どういうことなんですか？」

鋼太郎は息を荒くする田塚をスツールに腰掛けさせる。

「洋食屋の菜の花亭って知ってはります？」

この間、お姉さま方が話していた洋食店のことだった。マスターの急逝にともなって閉店した菜の花亭の建物は、近々取り壊されることになっていた。

「……わかっているんや、いつかはなくなってしまうものがあるんやって」

仕方がないんだと自分に言い聞かせるように、田塚は呟く。

「でも、あのマスターが大事にしていた包丁が束ねられて、無造作に捨てられるところを見とったら、いてもたってもいられへんようになって！　マスターはずっと大事に研いでいたんや！　それをあんな風にごみのようにほって！」

悲痛な叫びだった。

「マスターがいなければ、俺は……」

声を詰まらせ、田塚は今にも泣き出しそうになりながら、ぽつりぽつりと語り始めた。

田塚の両親は、子育てより自分たちの楽しみを優先させるような人間だったらしい。田塚が身の回りのことをひとりでできるような年齢に達すると、彼らは田塚のことなど気にも留めなくなった。田塚をひとり置いて、何日も家に帰らないなんてことはざらだったし、たまに家にいれば、田塚が自分のことを聞いてほしくて話しかけようとするだけで、苛立つような類の人たちだった。

そんな状態だったので、田塚は日々の食事は、できあいのものをコンビニで買うことが多かった。スーパーでもよかったのだけれど、コンビニでは顔見知りになった店員が挨拶をしてくれるのがうれしくて、よく利用していた。たとえマニュアルどおりの行動だとしても、「いらっしゃいませ」のひと言を聞くと、自分のことを気にかけてくれているような感じがして、ずいぶんほっとしたものだった。

そのうちに田塚は、コンビニから離れがたくなり、家には帰らず四六時中近所のコンビニの前で座り込むようになっていた。

誰かと会いたくて、誰かと言葉を交わしたくて、ひとりは怖くて。

そんなとき、声をかけてくれたのが、菜の花亭のマスターだった。

「坊主、飯食うか？」

ご飯が食べたかったというよりは、誰かに声をかけてもらえた喜びだけで頷いたように思う。コンビニの袋を下げて大きな歩幅でのしのしと歩くマスターのうしろを、田塚はついていった。

菜の花亭は、無骨なマスターが経営しているとは思えないぐらい、春の穏やかさを感じさせるような店だった。どこでも好きな席に座っていいと言われたが、田塚は申し訳なく思って、いつもカウンター席の一番端に座った。樫の木の板を一枚贅沢に使ったカウンターに背の高い椅子がついていたので、小柄な田塚は足をぶらぶらとさせたものだった。

マスターが初めて出してくれたのは、お子さまランチだった。お子さまと名がついていても、手抜きなどは一切ない。ふわふわのたまごがのったオムライス、しっかりと揚げられたエビフライ、トウモロコシをまるごと使った自家製コーンスープ、メロンソーダ。

ガツガツ食べる田塚を見て、マスターは「うまいか、坊主」と小さく笑ったものだった。

もちろんタダで食べさせてくれるわけではなく、食後には皿洗いを三十分するなどの条件はあったが、菜の花亭ではひとりでいたずらに時間を過ごす必要はなかった。

「よく寝て、よく食って、よく糞して、よく働けって。口癖のように何度も俺の頭を撫でながら言ってました……」

凪はふと、どこかで聞いたことのある台詞だな、と思った。だが思い出すほどの余裕がないままに、田塚に小言を言おうとした。

「あんな……」

だからと言って、ごみに出されてしまった包丁を勝手に持ち出していいわけじゃない。

凪が続きを言おうとする前に、鋼太郎が口を挟んだ。

「それで君がその包丁を持ち出したんですね」

「鋼太郎！」

田塚の行動を肯定した鋼太郎に、凪は非難の目を向けた。鋼太郎は「大丈夫、ここは任せて」と目配せをする。

「……はい。いつか、いつかマスターのような店が持ちたくて……その形見に」

空腹を満たすだけの食事がいかにむなしいかを知ったのは、マスターと出会ってからだった。

「マスターの包丁は、魔法やった……」

まな板の上で縦横無尽に包丁が動く様は、まるで魔法のようだった。そうしてマスターはおいしいものを生み出し、店を訪れた人たちを笑顔にした。

いろいろな思いを抱えた人たちが店に来ていたのを、田塚は覚えている。マスターがひとたび腕を振るえば、空腹を満たすもの以上のものを得て、客は帰っていった。

幼い自分がそうであったように。

「だから君は形を変えることを嫌がったんですね。マスターとの思い出を汚《けが》してしまいそうで」

田塚の告白に、鋼太郎はやわらかく微笑む。

「マスターの思いは君が受け継いだんですよ」

鋼太郎の言うことが理解できないのか、田塚は目を瞬《しばた》かせるだけだ。

「マスターはきっと料理をつくることだけが自分の仕事とは思っていなかった、と僕は思うんですよ」

君の話からの勝手な想像ですけれど、と鋼太郎はつけ加える。

「お腹いっぱいになるだけじゃなくて、それ以上のなにかを得て帰ってもらうのを仕事にしていたんだと思います」

「なにかって、なんやねん」

凪は突っ込む。

「たとえば喜びや悲しみの解消、問題の解決とか。マスターの人柄と料理が生み出した、まさに魔法ですね」

だからこそ田塚だけではなく、たくさんの人の中にお店の記憶があるのだ。

「でも、君はマスターとは違う。君はどんどん未来へ向かって、新しい人やものと出会い、どんどん変わっていく。時代もまたどんどん変わっていく。もし君が将来マスターのような店を開くことがあっても、それはきっとマスターの菜の花亭とはまったく違う構えのものになると思うんです」

鋼太郎は言葉を続けた。

「でもね、君はもう受け継いでいるんですよ」

田塚はマスターのような店を持ちたいと願った。空腹を満たすだけじゃなくて、誰もが笑顔のままに帰っていってもらえるような、そんな店を。

それこそマスターが菜の花亭を通じてしたかったことなのではないか、と鋼太郎は説く。

「だから包丁の形なんて些細なものだと思うんですよ」

時は流れ、ものは朽ちる。

それでも、色褪《あ》せずに変わらないものがあるとするならば――。

鋼太郎の言葉に、田塚の瞳に涙が溢れた。だが零れ落ちそうになるのを、乱暴に袖で拭う。零してしまっていいものではない、と思ったからだ。

「というわけで、あとはこの人がやってくれるので」

「勝手に押しつけるな」

げんなりしながらも、凪は錆だらけの包丁を見つめる。

包丁なんて、ただの道具だ。なにもかも使う人次第だ。

人を幸せにすることもできるし、逆に人を不幸にすることだってできる。

鋭い爪と牙を持たない人が生み出した、ただの道具だ。

それでも、その道具にどうしようもなくしがみついてしまうような想いが、宿ってしまうならば。

「だいぶ切ることになるから。……そうやな、刃の長さ的にはペティナイフになるで」

「ペティナイフ……？」

「ペティはフランス語で小さいという意味らしいで。と言っても実際フランスにはない種類のナイフらしいんやけどね」

ペティナイフは牛刀と同じく日本でつくられた包丁の一種だ。洋食の普及にともなって開発された包丁で、小型のものとしてよく売れている。

「小さい包丁なので野菜の皮むきや果物を切ることなどに向いていますね。料理店の修業と言えば皮むきからのところも多いですし、初めての包丁としてはいいものだと思います」

「始まりの包丁ってことやな」

「ペティ……、小さい……」

田塚は何度も口の中で言葉を転がす。転がしているうちにやがて気持ちが解《ほぐ》れたのか、口角を上げて小さく笑った。

「……ちっぽけな俺らしいや」

田塚は顔を上げ、凪をしっかりと見つめた。

「小さく切ってください。お願いします」

頭を下げようとする田塚を制して、凪は彼の手を取った。ゴツゴツしているものの、まだ少年らしいやわらかい皮膚をした手だった。

「え、な、なんですか！」

凪は無心でむにむにと田塚の手を揉む。

今までの牛刀の柄では、田塚の手には大きすぎる。菜の花亭の主人は大柄だった記憶があるが、彼が柄に残した手の跡から見れば、ずいぶんと大きな手をしていたらしい。田塚には扱いきれないだろう。

柄も田塚の手に合うように小さくするほうがいい。

「あんたの手の大きさを知りたかったんや」

凪は悪びれる様子もなく、さも当たり前かのように言う。

「いきなりそれをしたら誰だって驚くのは普通だと思いますよ」

しかし、凪はもう鋼太郎の話を聞いていなかった。ぶつぶつ言いながら、意識のすべてを包丁に向けていたのだ。

数日後、できあがったペティナイフを田塚が受け取りに来た。

田塚はペティナイフをまるで宝物みたいに喜んだ。包丁はすっかり小さくなっており、刃渡りは半分以下になっていた。

田塚はまだ高校生でお金がないだろうと、柄は以前の黒壇《こくたん》ではなく、安価な朴の木になった。

朴は軽くて割れにくい。水にも強い上に、濡れた手で持っても滑らない特徴を持つから最適だ。

何度もお礼を言われたが、凪は自分の仕事をしただけだと思うばかりだった。たいした仕事をしていないのに喜ばれることに、どこかむず痒さを感じてしまう。

作業場で仕事をしていてもそのむず痒さが解消されないので、凪は出かけることにした。先日多津子から預かった包丁を研ぎ終えたので、納品に行こうと思ったのだ。

出かけついでに、凪は菜の花亭を見に行く。

小さな店はすっかり取り壊されて、更地になっていた。人の賑わいが多かった場所も、誰かひとり欠けてしまうだけで、あっさり消えてなくなってしまうことを実感する。

でも不思議と悲しくなかったのは、想いを継いでくれる人がいるのを、凪は知っているからだ。寂しいけれど、悲しくはない。

「というのが今回の顚末や」

多津子に田塚が持ち込んだ包丁の話をすると、彼女は目をぱちくりさせた。

「菜の花亭は私の師匠のお店やったんよ」

「えっ！」

たしか聞き覚えのある言葉を、田塚も言っていたはずだ。

「私がなんでわざわざ堺まで包丁を研ぎに行っていると思ってたん？」

多津子は休業日に師匠のところへ顔を出すのを習慣にしていたのだ。師匠が亡くなってからもすっかり染みついた習慣をなくしがたく、休業日のたびに高落刃物製作所を訪れていたのだという。

玄一に研ぎの依頼をしていたのは、師匠からの紹介だったというのもある。

「ちょっと待ってや。多津子おばちゃんの牛刀。もしかして……」

青紙二号を使った鋼の牛刀。

思い起こしてみれば、田塚が持ち込んだものとずいぶんと似たようなつくりだった気がする。

「師匠が独立するときにくれたもんなんよ」

「……世界は狭いな、多津子おばちゃん」

「ほんまやな。私、その田塚少年に興味があるわ。うちで働いてくれへんかしら？」

市内までの交通費を出すし、と多津子はつけ加える。

「じゃあ、帰ったら電話番号を伝えるわ」

包丁の出来上がりを連絡するために書いてもらった電話番号のメモが、家のカレンダーに貼ってある。

「ところで気になったんやけど、どうして田塚少年はいきなり凪のところへ来たん？」

「ああ、それな」

凪はげんなりした顔で頬杖をつく。

「鋼太郎が勝手に表にポスターを貼ったんよ」

それをたまたま通りかかった田塚が見て、母屋の戸を叩いたのだ。

「外したろうかと思ったけど、鋼太郎にお母ちゃんに許可を取ったって言われてしまえばなぁ……」

「外すに外されへんわな」

高落家では、凪の母が法律なのだ。

「まぁ、元気出しぃな。なんかおいしいもんを出したるから」

「頼むわ」

多津子は厨房に立ち、にっかりと笑った。

研いだばかりの包丁がまな板のうえで小気味のいい音を立てる。凪はその音に心地良さを感じながら、目をつむる。

パチパチと弾ける油の音から生まれる新しいなにかに耳を澄ませながら。

第二話

鱧と骨切り包丁

円砥から上がる水飛沫とは違う音に、凪は顔を上げる。

一瞬なんの音なのかわからずあたりを見渡すと、作業場の窓を雨が激しく叩いていた。午後から雨が降るという予報をすっかり忘れていたのだ。

「やばっ……！」

凪は慌てて母屋へ走り、開け放ったままの袖廊下の窓を閉じた。しかし、ずいぶん長い間気づかなかったせいで、床はすっかり濡れてしまっている。

面倒だなと思いつつも、凪は雑巾で床の水気を丁寧に拭っていく。

幸いなことに奥のほうまで降りこまなかったので、廊下の端に置いてある金魚鉢は濡れてはいなかった。そのことに凪はほっと安堵の息を漏らす。

凪の家には金魚鉢がふたつあり、それぞれの鉢で赤と黒の金魚を一匹ずつ飼っている。かつては二匹をひとつの鉢で飼っていたのだけれど、喧嘩が絶えないものだから、別々の鉢にわけた。

それ以来穏やかに過ごしているようで、二匹とも自分たちの鉢を我がもの顔でひとり占めしている。

「お前らが鯉だったら、洗いにして食ってやるのにな」

そうしたら世話をする手間も省ける。だが、残念ながらこの金魚たちは凪の思惑を知ってか知らずか、しっかり餌を食べているのにもかかわらず、一向に大きくなる気配はない。

この無駄飯食いがなどと毒づいて、凪は指先で軽く鉢をつつく。だが、金魚は悠々と鉢の中で泳ぐばかりだ。

「掬《すく》ったやつに似たかもしれへんな」

昔、鋼太郎と一緒に行った夏祭りで、ポイを破いてばかりの凪に代わって、鋼太郎が二匹とも掬ったのだ。

あの頃はまだ家族全員が揃っていた。掬ってきた金魚の飼い方を教えてくれたのは、父だった。正しい水の替え方や餌のやり方を教わったおかげで、今もこうやって金魚は長生きをしている。

十一年前の夏祭りの数日後、父は家を出て行った。そして鋼太郎は「この仕事にどれほどの意味があるのか」という言葉を残して、何年も凪の前に顔を出さなかった。

二匹の金魚を見るたびに複雑な思いがこみ上げる。でも世話をすることをやめられないのは、ひたむきに金魚が生きているからかもしれない。

祖父の入院から二週間。つまり、凪が家を預かるようになってから二週間ほど経ったことになる。

庭先の紫陽花《あじさい》は青紫色の花を咲かせるようになり、少しずつ蒸し暑さがましていった。もう梅雨入りも宣言されている。

時たま鋼太郎が掃除をするために家へ来ることはあっても、凪の日々は変わらない。菜の花亭のマスターの言葉を借りるなら、「よく寝て、よく食って、よく糞をして、よく働く」の繰り返しだ。

たまに来客はあるが、それは仕事関係の納品や引き取りだったりするので、たいしたことではない。他人からしてみれば、単調な一日を繰り返しているように見えるかもしれない。

でも、凪にとってはかけがえのない日々だ。穏やかで心揺さぶられることのない日々。ただまっすぐ、研ぎに向き合うことができる。

仕事の続きをしようと大きく伸びをしたところで、呼び鈴が鳴った。誰かが包丁を引き取りに来たのか、と凪が玄関を開けると、そこには金髪碧眼の、まさに外国人が立っていた。

ぴしゃり。

凪は思わず反射的に戸を閉じてしまった。

(英語は無理や、英語は無理や、英語は無理や、英語は無理や、英語は無理や)

たまにいるのだ、予約などをとらずに急に訪ねてくる観光客が。

(誰や、うちのことをネットに載せているやつは！　って、お母さんやったわ！)

包丁は堺の誇る伝統産業ということもあって、市のホームページでは見学が可能な企業や作業所のリストを記載している。母の春子も宣伝になるからと載せることを承諾していたが、凪にとっては天敵の襲来でしかない。いつもは春子が対応してくれるのだが、今日は凪しかいないのだ。

高校時代、凪の英語の成績は壊滅的だった。赤点の羅列。補習で放課後が削られる日々。教師になんで英語だけこんなにできないんだ、と呆れられながら、ついには匙《さじ》を投げられる始末。

もう英語を勉強しなくてもいいことが、高校卒業後一番うれしいことだった。

春子も英語はからっきしだめだったが、なぜかおばちゃんパワーなるものを発揮して、全部日本語でのやりとりを強行していた。

恐るべし、おばちゃんパワー。

月日を重ねれば、身につけられるのか、おばちゃんパワー。

三和土にうずくまり現実逃避をしていても、ピンポンピンポン呼び鈴が鳴り続ける。

居留守を使いたくても、もうすでに顔を見られてしまった。

絶体絶命。そのとき、ふと人の声が聞こえてきた。

「……ださいー！」

もう一度よく耳を澄ます。

「開けてくださいー！」

日本語だ。凪はおそるおそる戸に手をかけ、少し開いた隙間から外を覗く。

「ごめんくださいー！」

もう少しばかり戸を開いて、凪はそこから訊ねる。

「……日本語しゃべれるん？」

「はい！　日本語能力試験N1ですから！」

日本語能力試験N1がどれくらいの日本語能力に相当するかわからなかったが、目の前の男に誇らしげに言われてしまえば、凪は戸を開くしかなかった。

と言っても全開ではなく、顔半分が見られるぐらいの幅だ。

「今日はどんなご用件で……？」

「それは……」

目の前の外国人が話そうとしたところで、鋼太郎がひょっこり後ろから顔を出した。

「おはよう、凪」

艶《あで》やかな笑みに、凪は絶句する。

「……まさかと思うんやけど、これ、あんたの連れか？」

自称日本語能力試験Ｎ１の外国人を指差しながら、凪はわなわなと震える。

「これ呼ばわりはだめだよ、凪」

めっ！　と叱られた瞬間、鋼太郎のまわりになにかキラキラしたものが飛んだように見えて、凪は死んだ魚みたいな目を向けてしまった。

「キラキラすぎて、目が潰れそう。……鋼太郎、アイドルでも目指しとるん？　実態は京都刃物問屋のイケメン跡取りみたいな？」

「それは違うかなぁ……」

鋼太郎は苦笑する。

「うちはもう十九やで。めっ！　とか言われるとドン引きや」

言いたいことだけ言って、凪はそのまま戸を閉じようとするが、鋼太郎に阻まれてしまう。

研ぎの仕事をしているので、凪は握力が強いほうだが、それを上回る力でこじ開けられてしまった。

鋼太郎と日本語能力試験N1の外国人ふたりを相手にするのは無理だ。

「英語はあかんからな！　見学はお断りする！」

「だーかーらー、僕、日本語話せますからー！」

そういう問題ではないのだ。表に貼られたポスターの件といい、鋼太郎は再会してからたびたび厄介事を持ち込んで、穏やかな日々を侵略していく。

凪はただ静かに研ぎをしていたいのだ。

これ以上の侵略は阻止する必要がある。

「今日のお昼はたまごふわふわの衣笠《きぬがさ》、いや、きつね丼ですよ」

「きつね丼！」

油揚げと玉ねぎにしっかりお出汁を染み込ませ、ふわふわのたまごでとじたきつね丼。七味唐辛子をふるうと、やさしいだけではなく、ぴりっとしまった味になる。

想像するだけで口の中に唾液がぶわっと湧き上がり、ごくりと喉が鳴った。

その隙に、鋼太郎は我がもの顔で玄関を通過していった。

今日のお昼は〝きつね〟なだけに、鋼太郎狐に化かされて、正面突破されてしまったように凪は感じてしまった。

凪のじろりとうらめしそうな視線を気にも留めず、鋼太郎はいつものように勝手に冷蔵庫に材料をしまう。

日本語能力試験N1の外国人は、きょろきょろとあたりを見回し所在なげにしていたので、凪はとりあえず座布団をすすめた。

「ありがとうございます」

ぺこりと頭を下げられる。おかまいもできず、と凪も返す。しかし、凪の場合は本当におかまいもできずなのだ。ありがたいことに、鋼太郎がお湯を沸かしているようなので、そのうちお茶が出てくるだろう。

日本語能力試験N1の外国人は、凪の顔をじぃっと見たあとで、ポンと手を叩く。

「あなた、会館で研いでいた人ですね」

「え？　はい、そうですが」

凪も日本語能力試験N1の外国人の顔をじぃっと見返す。

「あっ！」

彼は、以前英語で話しかけられて困っていたところを助けてくれた人だった。

「あのときはありがとうございました！」

凪は深々とお辞儀をする。

「すでにふたりとも会っていたんですね。今日は凪にビヨーンを紹介しようと思って連れてきたんですけど、偶然ですね」

鋼太郎が湯のみを並べ、お茶を注ぐ。

それにしても、どうして鋼太郎に「偶然」と言われると胡散臭さがつきまとうのだろう、と凪はふと思った。

「二度目ましてですね、僕はビヨーン・スヴェンソンと申します」

「びよーん？」

びよーんびよーんと水風船が跳ねる様が、凪の頭に浮かんだ。水風船を何度も跳ねさせて遊んでいると、よく割れるんだよな、とついでにぼんやり思う。

「今、失礼なことを考えているでしょう、凪。ビヨーンはスウェーデン語で熊って意味なんですよ」

鋼太郎の指摘にぎくりとしながらも、凪は平静を装う。

「悪いんやけど、熊って呼んでええか？　びよーんって名前、覚えにくい」

「こら、凪」

しかし、ビヨーンのほうは熊と呼ばれることに特に抵抗がないらしい。

「大丈夫ですよー。ご近所の駄菓子屋のおばちゃんも覚えにくいって、熊ちゃんって呼んでくれますし」

熊《テディベア》ちゃん呼ばわりされていることに気づいているのだろうか、と思いつつ、突っ込まないでおいた。

「凪はなんでそんなに外国語にアレルギーがあるのですか？」

「できるやつにはわからんのや」

凪は拗ねたように唇を尖らせる。

さすが月注の跡取りになるために月日を重ねただけあって、鋼太郎は英語だけではなく、フランス語も堪能だったりする。

鋼太郎がフランス語を勉強したのは、フランスが世界三大料理の本場で、美食の国として有名だからだ。世界中の料理人が集まり、働いたり修業したりするフランスは、包丁の需要も大きいことを見込んでだった。

最近は外国からのお客さまも多いし、海外へ販路を広げたいしね、と高校の頃から勉強していたのを凪は知っている。

鋼太郎が言うには、その頃日本市場において包丁の消費は飽和状態になりつつあったのだそうだ。

だが、健康的なイメージがある和食が世界的にブームになったことをきっかけに、和食の一端を担う日本の包丁も注目されるようになっていた。

和食の大きな特徴として、素材の持ち味を生かすという要素が挙げられる。そのために、繊維を傷つけない鋭い切れ味を持つ日本の包丁は欠かせない道具だ。

切れ味に惹かれた人々が求めることで、徐々に日本の包丁の海外市場は拡大していった。

世界三大刃物産地は、ドイツのゾーリンゲン、イギリスのシェフィールド、岐阜の関市と言われる。頭文字をとって刃物の3Sと呼ばれたりもする。

堺ではなく関の名が挙げられるのは、世界的に見ても関市でつくられる包丁のシェアが高いからだ。ドイツの老舗ブランドの包丁でも、実は関で製造されているものもあるくらいだ。

また、関市では医療用の刃物や爪切りなど、幅広い分野での刃物づくりに取り組んでいる。一方、堺は業務用の、つまりはプロ向けの包丁の分野では、関より高いシェアを誇っており、国内では他の追随を許していない。

「熊は鋼太郎の家に居候しているん？」

鋼太郎の実家、もとい月注は〝京の台所〟の錦小路市場にある。

「違いますよ。ビヨーンは堺に住んでいるんですよ」

「えっ。普通、京都やら奈良とかにおるもんちゃうん？　堺に住むなんて、そうそうおらんと思う。仕事の関係とかなん？」

外国語の指導助手の仕事でもしているんやろうかと凪は考える。それくらいしか外国人が堺にわざわざ住む理由なんて思いつかないのだ。

昔ローカル紙で、和鋏《わばさみ》をつくりたいと堺で修業しているフランス人がいるという話は読んだことがあるが、それは珍しい部類だ。

「僕もその人と同じようなものですよ。日本の包丁に興味があって、堺に来ました」

「へぇー」

奇特な人がいるものだ。家業で日常的に包丁に触れている凪にとって、興味があるからとやってくる人の気持ちは、理解に苦しむ。

しかもわざわざ海を渡ってくるのだから、不可解とすら感じてしまう。

「修業でもするん？　鍛冶？　研ぎ？」

どちらなのかと聞くのは、堺が分業制で成り立っているからだ。

堺の職人は、鍛冶、刃付けとそれぞれの工程に集中することで、高い品質を保つことができている。

「鍛冶です！」

「……暑くて大変そうやね」

基本的に研ぎは水を扱い、火を扱うことなどほとんどない仕事だから、凪はついそんなことを思ってしまう。

研ぎが水の世界なら、鍛冶は火の世界だ。

炎で鋼を熱し、幾重にも鍛造し、包丁をつくり上げていく。今はまだ梅雨の初めだからいいものの、真夏は灼熱地獄だと聞く。水を飲んだ端から汗になって吹き出し、トイレに行く必要もないほどらしい。

しかも作業場は、入り口以外はほぼ閉め切っている状態だ。差し込む光でさえ火窪《ほくぼ》と呼ばれる炉の、火の色に影響するから、と窓の煤を払うのを嫌う。

「堺に来て、めちゃくちゃ痩せました！」

北欧の寒冷で乾燥した土地で育ったため、ビヨーンには日本の湿気と暑さは応えるらしい。

「だから今日のメニューはカロリーを摂取してもらおうと思いまして」

鋼太郎が糖質と脂質のコンボを決めてきたのには、わけがあったのだ。

もともとこの業界、夏場は閑散期だった。

というのも、夏に出る包丁は基本的に用途が限られているものばかりだからだ。夏場に需要があるのは、主に二種類と言われている。

ひとつめは、関西の夏の風物詩である鱧《はも》を切るための「骨切り包丁」。特に京都では祇園《ぎおん》祭の頃に旬を迎える鱧がよく食べられる。祇園祭は、別名鱧祭りと言われるくらいだ。

ふたつめは、土用の丑《うし》の日に食べられる鰻《うなぎ》を切るための「裂《さ》き包丁」。大阪、京都、名古屋、東京と各地で鰻の裂き方が異なり、それぞれに適した包丁の形があるので、注文が来る場所に合わせてつくることがある。

と言っても、鱧や鰻はそう毎日食べるものではないし、一度包丁を買ってもらえれば、しょっちゅう買い換えることはない。

だから昔は閑散期に合わせて、鍛冶のほうはまるまる一ヵ月休みということもあったそうだ。

しかし今は、海外からの注文も増えており、夏場は休みというわけにもいかなくなっている。

「で、今日は別にお昼ご飯をつくりに来ただけというわけやないやろう」

グラムいくらのお茶だろう、と下世話なことを思いつつ、凪はずずっとお茶をすする。

「コレクションを見せてもらおうと思ったんですよ」

鋼太郎の発言に、凪は首を傾げる。月注のような立派なところとは違い、高落家のような民家にコレクションと呼べるものなんてない。母の春子が集めているご当地キティちゃんのキーホルダーでも見せればいいのだろうか。

「そないなもん、うちにあるわけないやろう」

「毎日見すぎて価値がわからなくなっているんですね。あれですよ、あれ」

鋼太郎が指差したのは、袖廊下に面した応接間に飾られているガラスケースだった。毛氈《もうせん》の上に何本もの包丁が丁寧に陳列されており、鈍い光を放っている。

それは、口下手であまり話さない玄一と来客との間に、話の種ができるようにと、春子が飾ったのだ。

「コレクションなんて大層なもんちゃうよ。仕事の履歴というか、資料のようなもんなんやけど」

高落刃物製作所でつくられた包丁や、玄一が勉強になるからと集めた堺の名工たちの仕上げた包丁がそこにはあった。

「凪、これがすごく貴重なものだってわかっていますか？」

鋼太郎は心底呆れた顔をする。

「名工と謳《うた》われた沖芝正國《おきしばまさくに》の品が置かれているのって、すごく貴重なことだってわかっていますか」

鋼太郎の言いたいことは、わかっている。

「たしかにそれは価値があるかもな」

昭和の鍛冶の名工である沖芝正國。神さまと呼ばれた彼は、日本刀にも通じる技術を用いてつくり上げた包丁で名声を博した鍛冶師だ。

いてもたってもいられず、ビヨーンはガラスケースの前へ移動した。

「うわぁー！　本物だ！」

ビヨーンは興奮して、頬を紅潮させている。あまりにも顔をガラスにくっつけるものだから、高い鼻の跡がぺったりついてしまう。しばらく目を潤ませて眺めていたかと思うと、いきなり五体投地をし始めた。

「そこまでなんか」

こんなに感動してもらえるのなら拝観料を取ればよかったかな、と凪は狡《ずる》いことを考えたが、隣に鋼太郎がいることを思い出して諦めた。

「凪、説明してあげたらどうですか？」

お茶をすすったまま動かない凪に、鋼太郎は催促する。

「基本的にはじいさんが研いだものの予備を飾っている感じやな」

研ぎを請け負うときは、難しいものになると割れたりすることもあるので、失敗したときに備え、あらかじめ数本多めに包丁の生地を仕入れておくのだ。

何本か研いだ中で一番うまくできたものを納品して、予備は在庫や見本として保管していたりする。

ビヨーンが触りたそうにしているので、凪は重い腰をあげた。ガラスケースの鍵を開け、二段目の左上に置かれているクレバーナイフをビヨーンに手渡した。

「いいの？」

「せっかくやから」

「ふぉー！」

変な鼻息を上げるビヨーンに、凪は苦笑する。

「中華包丁の一種やな」

クレバーナイフは骨ごと肉を切断するためのもので、分厚い刀身が特徴的だ。しかしその重々しい刃の表面は、まるで鏡のように美しく曇りひとつない。

「それは、有名な中華の料理人に依頼されて、テレビ映えを考えて一等きれいに映るよう、じいさんが研いだものなんや」

異種格闘技戦のように、分野の違う料理人たちが腕を競い合うテレビ番組が、以前あったそうだ。凪が生まれるずいぶん前に放映されていたから、詳細については知らないが、家のアルバムには依頼してきた料理人と祖父が一緒に写っている写真がある。

その頃に研がれた包丁だったと凪は春子から聞いた。

「そもそも中華包丁は、日本の包丁とはつくり方の思想が違うんやって。それを知らんとつくってもうたからな。包丁は使ってもらってなんぼやのに、あかんなぁってじいさんが失敗作として飾っているらしいんよ」

いくらテレビ映えするようにと言われても、料理人として日々酷使するものを華奢《きゃしゃ》に仕上げてしまったら、依頼人の要望に沿っているとは言えない。

職人は己のすべてをつぎ込んで、依頼人が望む最適な形で仕上げなければならないのだ。

祖父が語るには、京都で独自に発達した「飛雲《ひうん》・鳳舞《ほうまい》系」と呼ばれる中華料理で使う包丁に影響を受けたという。「祇園の味、祇園の中華」などと形容されるこの料理のジャンルは、繊細な味を求め、素材を薄く細かく調理する。そのため、刃は極めて薄く繊細なつくりになっているのだ。

本場中国の包丁は、重く、峰が太い。甲殻類の殻や骨つきの肉を叩き切ることが多いので、刃こぼれしない粘り強さが必要となる。だから、衝撃に強い分厚い両刃が付けられている。

「あとは新素材を開発したから研いでほしいと、製鉄会社からの変わった依頼があったらしいんやけど」

新素材のデモンストレーション用のものだったそうだ。この包丁を研ぎ上げ、玄一は市から表彰状をもらったことがある。

とにかく硬く研ぎづらかった、と祖父は漏らしていた。

凪はビヨーンに、包丁一本一本について、それにまつわる祖父の仕事の記憶を語っていく。もちろん、祖父自らが語ったものはほとんどなく、もっぱら母の春子から伝え聞いた話だ。祖父が語るのは、先代や先先代がした仕事のことに尽きる。

「見応えあるでしょう」

鋼太郎は、自分のものでもないのに自慢げに言う。たしかにこのガラスケースには、高落刃物製作所の歴史そのものが詰まっていた。

「あんたのところもけっこうなもんを飾ってあるやろう。鮪包丁なんて、見応えあるやん」

鋼太郎の実家は刃物問屋だから、店にはたくさんの売りものの包丁が飾られている。

「うちに置いてあるのは商品だからね。刃物の種類を知るにはいい勉強になるかもしれないけれど。凪のところみたいに、代々の歴史を表すものが飾られているわけじゃないんだよ」

「ふーん」

そういうものなのか、と凪は思う。

鋼太郎が人に見せたくなるほどの包丁たち。凪にとってそれは昔から当たり前にあるものだから、あまり意識したことがなかった。

ガラス一枚隔てられた向こう側に、自分の研いだ包丁が飾られることは永遠にないと思っていたから、むしろ見ないようにしていたのだ。

この数々の包丁を見るたびに、所詮自分は向こう側へ行ける人間ではない、といつも思い知らされるのだ。

「僕の祖父も職人をしていて、納屋いっぱいにつくったものが飾ってありました。危ないからって小さい頃は納屋には入れてもらえませんでしたよ」

ビヨーンは遠い目をして語り出す。

「なんの職人やったん？」

「斧《おの》です」

「それは納屋に入れてもらわれへんな」

へたしたら、刃傷沙汰《にんじょうざた》にもなりかねない話だ。

「けっこう荒く扱っても大丈夫なようにつくっているものだから、つくりそのものは日本の包丁とは違うんですけどね」

分厚い木を切るために衝撃に強いつくりの斧と、美しい切り口をつくるために繊維を傷つけないように切る包丁。

鋼という同じ素材を使っていても、用途が違えば、そのつくりも違う。

「でも、日本の包丁を見たとき、あ、これだなぁってすごく腑に落ちるものがあって」

高校を卒業して世界中を旅していたビヨーンは、訪れたニューヨークで和包丁に出会ったのだという。路地裏の小さなお店で、壁一面に銀の包丁が陳列されていた。柔らかい明かりに照らされた刃は、神々しく静謐《せいひつ》に輝いていて、その美しさに目を奪われたように、ビヨーンはしばらく動けずにいた。

お金がなくて汚い格好をした旅行者が、高級品の店へ入るべきではないと頭の片隅では理解しつつも、ビヨーンは意を決してドアを開けた。

少しでもその包丁について知りたかったからだ。店員は嫌がることなく、むしろ和包丁に興味を持ってもらってうれしい、とやさしく対応してくれたらしい。

「まぁ、それが月注のニューヨーク支店だったんだけどね。支店の人経由で、鋼太郎のことを紹介してもらって。大学を卒業してからこうして堺にやってきたんですよ」

「初めて連絡をもらったときは、びっくりしましたね」

鋼太郎は昔を懐かしむように、目を細める。

「凪は歳が近いのだから、ビヨーンと仲良くしてあげてね」

「鋼太郎はビヨーンのおかんか」

堺の刃物は伝統産業というだけあって、担う職人の平均年齢は高めだ。ビヨーンは凪より四つほど歳が上とはいえ、同年代と言っても差し支えない年齢だ。

「……じゃあ、私は作業場へ行ってくる。ご飯になったら呼んで。熊は好きなだけ眺めててええから」

鋼太郎が来たせいで凪の仕事はすっかり中断されてしまったのだ。凪は立ち上がり、作業場へ向かう。


作業場へ戻る前に、凪は水を汲んでおこうと思い、蛇口をひねった。

ずっと円砥を回していると、砥石の上を走らせる水はいくらあっても足りない。だから一日に何度も水を汲みに行く必要がある。研ぎに必要な筋肉をつくるにはもってこいなのだが、腰に負担がかかるのではないかという不安はある。

ふと凪はビヨーンの手を思い出した。槌《つち》を握りしめるには十分な、大きくて分厚い手。でも、まだ火傷の痕もないきれいな手だった。これから徐々に職人の手になっていくのだろうか、と凪がぼんやり考えていると、いつの間にかバケツの水が溢れていた。

水を零《こぼ》さないように注意深く運んでいると、ふいにこちらを見つめている瞳があることに気づいた。若い女性が門扉《もんぴ》の向こう側からこちらを見ており、凪と目が合うと、少し気まずそうに愛想笑いをした。

「なにかご用ですか？」

凪はバケツを下ろして尋ねる。

「堺の包丁のことを知りたいと思って、ここら辺を歩いていたの。そうしたら、このポスターが貼ってあって」

鋼太郎が貼ったポスターを女性が指差した。こんなことなら、見つけたときに躊躇《ちゅうちょ》なく破り捨てておけばよかった、と凪は後悔した。

「あなたもここの職人さん？」

他人から職人さんと呼ばれることに、凪はいつも違和感を覚える。誰も会社員のことを会社員さんですかと尋ねないのに、なぜ自分はこのように訊かれるのだろう。

「まぁ、そうですが」

その言葉に、女性は門扉に手をかけ、こちらへ身を乗り出す。

「私、佐貫《さぬき》って言うの！　雑誌の編集者をしていて、包丁を特集した雑誌をつくりたいと思って！　ねぇ、見せてもらってもいいかしら？」

門扉越しに名刺を差し出してくる佐貫の気迫に負けて、凪は門扉を開けた。さすがに名刺を門扉越しに受け取ったら失礼だろう、と思ったからだ。

「どうぞよろしくお願いします」

美しく整えられ薄紅色に染められた女性らしい指先が、白い名刺を差し出した。凪が受け取ると、白い名刺の端が汚れてしまった。女性のものとは違う、凪の黒く染まった指先のせいだった。

名刺を見れば、たしかに編集者という肩書きがある。しかも、本には興味のない凪でさえ知っている、有名な出版社だった。

「すみません、私は名刺を持っていなくて」

凪は渡す名刺を持ち合わせていないことを詫びた。祖父のものを渡せばよかったが、勝手に人のものを渡すのも躊躇《ためら》われて、あえてしなかったのだ。

「大丈夫ですよ！　あ、お師匠さんとかはいらっしゃる？　挨拶をしたいのだけれど」

「師匠はおりません、私が留守を任されています」

若い凪は、ここを預かる身ではないと思い知らされるのが、不快だった。

凪のきつい口調に、少し空気が固まってしまった。

「……あ、うちは研ぎですけど、大丈夫ですか？」

その言葉に佐貫は不思議そうな顔をしたので、凪は補足する。

「堺は分業制なので鍛冶と研ぎに工程がわかれているんですよ」

「あ、そういうことじゃなくて、なんで研ぎだから大丈夫って訊くのかしらって思って」

凪はだいたいの人は鍛冶を期待するものだ、とばかり思い込んでいたのだ。

研ぎが水の世界なら、鍛冶は火の世界だ。

熱気渦巻く閉め切った作業場は、薄暗い。その中に鉄塔のように高くそびえるベルトハンマー。その機械から振り下ろされる槌《つち》は、ずしんと鈍く重い音を立て、赤く焼けた鋼を鍛造する。火花とともに落ちる不純物がなくなるまで、何度も何度も。鍛冶師は玉のような汗を滴らせ、包丁の形をかたどっていく。

鍛冶師の汗と火花は、命の誕生を思わせるものだ。

逆に研ぎは絵面的に地味だと凪は思っている。

円砥も大きな音を立てるが、ベルトハンマーと比べれば静かだ。火花もあまり散らない。素人目にはわかりにくいかもしれないが、工程を経るに従って、砥石の目は徐々に粗く細かくなり、都度包丁が歪まないように直しながら研いでいる。

研ぎのことを知らない人にしてみれば、違う工程の作業でも、ずっと同じことをしているように見えるらしい。昔祖父のところへテレビの取材が入ったとき、あまりにも地味な絵面だから、もっと火花を散らしてほしいと要望があったぐらいだ。

だからつい凪は訊いてしまった。

「私は研ぎが見たいんですよ」

真っ直ぐな目で言われると、凪は佐貫を作業場へ通すほかなかった。

凪は石畳の路地奥にある作業場へ佐貫を案内した。彼女は写真を撮っていいかと尋ねたあとで、作業場へは短い距離なのに、何度もシャッターのボタンを押している。

そんなにここの風景は物珍しいものなのだろうか、と凪は不思議に思ってしまう。柱に貼ってある方違《ほうちがい》神社の古いお札すら撮るものだから、驚いてしまった。

骨切り包丁を研いでいるところだったので、ちょうどいいと思い、それを取り出した。鱧の気を取り直して、凪は作業場の中から佐貫に研ぎを見せられそうな包丁を探す。鱧の

佐貫は目をらんらんと輝かせて、包丁を写真に撮る。

「鱧って関西っぽいですね！」

関西っぽいってなんだ、関西っぽいって。

凪は心の中で突っ込みつつ、説明を続けた。

佐貫はたびたびシャッターボタンを押しては、感嘆の声を上げる。自分のなんでもない日常が面白がられるのは不思議な感覚だ。逆に凪が編集者の世界を見たら、こんな風に面白がることができるのだろうか、とぼんやり思う。

「すみません、ひとりで騒いじゃって」

佐貫は小さく頭を下げる。

「いや大丈夫ですよ。中まで見学する人って、珍しくて」

普段は仕事関係の来客しかないので、佐貫の反応は新鮮だった。

「さっきも言ったように分業制なので、お客さまがここに来ることは滅多にないんですよ。基本的に問屋さんとかが中心で。まぁ、おかげでなにもほかのことを考えずに、研ぎの仕事だけに集中できます」

そのひと言を発したとき、佐貫は急に笑顔をしぼむように曇らせた。

「え、それっていいことなんですか？　お客さんの声とか直接聞けないのってつまらなくないですか？」

「むしろそんなことに時間を割くくらいなら、研ぎの仕事に集中したいですね。年一回刃物まつりが開かれるので、そこでお客さんの声を聞く機会はありますし。それにお客さんがこちらを調べて、直接こうしてほしいと依頼をされることもあります。と言っても、そんなに数が多くないから捌けるんですけどね。いちいちお客さんの声を聞いていたら支障が出ます」

凪の言葉にますます佐貫の表情が曇る。

「でもそれって、まるでなにも考えてないのと同じじゃないんですか……？　だから伝統産業って……」

佐貫がぽろりと漏らした言葉に、凪は自分の血がすうっと凍るのがわかった。

伝統産業だからと、すべてがひとくくりにされてしまうことを、凪はどうしても許せなかった。お前のような外野になにがわかるんや、と叫ばなかったのは、凪の矜持《きょうじ》ゆえだった。

代わりに凪は冷え切った声で言う。

「申し訳ありませんが、お帰りください」

「……あ、そういうつもりじゃなくて、ごめんなさい。私っ……」

「お帰りください」

凪は佐貫を追い立てるようにして、門扉の外に促した。佐貫が敷地の外に出ると、すかさず凪は門扉を閉じる。

こんなものがあるから、と凪はポスターを破りとり、佐貫の名刺とともに作業場のごみ箱に捨てた。

そこに、鋼太郎の声が聞こえてくる。

「凪ー、ご飯ができたよー」

鋼太郎は声をかけながら、作業場を覗いた。凪は努めてなんでもない風に装っているが、その瞳は怒りに満ちているのが鋼太郎にはわかった。なにかあったのかと見渡すと、ごみ箱に名刺と破られたポスターが捨ててあった。鋼太郎は凪に見つからないように、こっそり名刺を拾って、袂《たもと》に入れた。

佐貫が高落刃物製作所を見学しに来てから数日後。

凪はいつものように一日の仕事を終えて、作業場から母屋へ戻った。誰もいないはずなのに明かりがついているのを、もう不思議には思わなくなっていた。

どうせ鋼太郎だとわかっているからだ。

「またあんたらなん」

案の定、鋼太郎とビヨーンのふたりがいた。呆れるように言いながら、コンビニで食事を買ってくる必要がなくなったな、と凪は上の空で考えた。

「凪！　聞いて、鱧が食べられるんだって！」

ビヨーンはうれしそうにぴょんぴょんと跳ねる。図体のでかい男が上下運動をすると、床がきぃきぃと軋んだ。母屋が潰れそうなのでやめてくれ、と凪はため息をつく。

「凪も揃ったことだし、始めましょうか」

台所に立っていた鋼太郎は凪の姿を見つけると、ガスコンロの火をつけた。

「お腹すいたわ」

凪はお腹をぼりぼりと掻きながら、卓袱台に着こうとした。が、見知らぬ客の姿に足を止める。

「なんであんたがおるんや」

冷たい声が食卓に響いた。女性がひとり、俯いたまま気まずそうに座っていた。

それは先日高落刃物製作所を訪ねてきた編集者・佐貫だった。

黙ったままの佐貫にしびれを切らした凪は、鋼太郎に鋭い声を浴びせる。

「鋼太郎！　これはどういうことなんか説明してもらおうか」

「……僕が呼んだんですよ、せっかくだから鱧を食べませんかって。以前せっかく見学に来てくださったのに、凪はすぐに帰らせちゃったでしょう？　関西っぽいことを体験してもらわないと」

なんでもない風に言う鋼太郎の様子が、凪の神経を逆撫でした。

「だからと言って、普通、勝手に人の家に客を上げへんやろう」

凪が、鋼太郎が勝手に家に上がっても許しているのは、心を許せる相手だと思っているからだ。

でも、それ以外の他人を呼んでいいとは言ってない。

「ひとりでも多くの人と食卓を囲んだほうがおいしいでしょう。それに春子さんには許可を取りましたよ」

凪はみんなで食卓を囲んだほうがおいしいと思う類の人間ではない。だが、母の春子に許可を取ったと言われれば、黙るしかない。

「凪も鱧を食べたくありませんか？」

鋼太郎は笊《ざる》に入った鱧を凪に見せた。みずみずしく滑らかな、太い鱧だった。全身は白く透き通り、形も整っている。

これを調理すればさぞかしおいしいだろう、というのは凪のような素人でもひと目でわかった。仕事終わりでお腹もすいているし、ここで食べたくないと言えば、三人が鱧をつつく横で、凪はコンビニ弁当を食べなければいけなくなる。

凪が答え終わらないうちに、鋼太郎は梅干しの箱を押しつけた。

「ぼうっと立っている間があったら、梅肉をつくってください」

凪は『最高級南高梅』と書かれている桐箱に入った梅干しを見ながら尋ねた。

「そんなん知らんし」

「つくり方を知らないのですか？」

「普段コンビニ弁当で食事している人間が、梅肉のつくり方を知っていたら、むしろすごいと思うで」

「………わかりました、それも僕がつくりますよ。凪はもうちょっと料理に関心を持ったほうがいいと思います。包丁を扱っているのだから、仕事柄必要でしょう」

「じいさんも料理なんてろくにできへんのに仕事をやれているんやし、別に必要あらへんと思うよ」

鋼太郎はわかりやすく大きなため息をついたあとで、顔を上げる。

「佐貫さん、ビヨーン。今から鱧の骨切りを見せますよ」

その声に佐貫とビヨーンはさっと立ち上がった。狭い台所だ。四人が同じところにいるだけでなかなかきついものがあるし、正直、ビヨーンの大きな体が一番邪魔だった。

鋼太郎は腕を動かせる余地を確保しようとするが、ほとんど場所が取れない。

「では、いきますよ」

鋼太郎は、まず鱧のぬめりを取る作業から入る。鱧の頭を左に置いて手で押さえながら、刃先で手際よくぬめりを取っていった。

「次は腹を開きますよ」

一度裏返してから、尾から頭の先まで包丁の刃を逆にして、一気に切り上げた。そして内臓を取っていく。

すっかり腹の中がきれいになると、水で洗って血合いを取り除き、よく水気を切った。次に中骨や背骨についた小さな骨に沿って包丁を入れていく。切っ先で骨のまわりを撫でるような手つきだった。

がっつり頭を落としたら皮のほうを上にして、骨を身から剝がしていく。

「先ほどの工程からしても、骨が多いってわかりますでしょう？　でもここからが本番です」

鋼太郎は骨切り包丁に持ち替える。

「鱧は身に小さな骨が多いんです。と言ってもピンセットで抜くのは、なかなか難しいものですから、こうやって骨を切る必要があるんです。皮を切らず、骨だけを切る。これもまた大変なんですよね」

「肉を切って骨を断つ、ただし皮は残す、みたいなわけわからんことになるんよ」

凪が補足した。鋼太郎が身に包丁を入れると、じゃりじゃりと金属と骨が当たる音が響き出す。歯切れのよい音だった。

「お上手ですね」

佐貫は感嘆の声を上げる。

「鋼太郎は京都の老舗料亭で修業していたんや」

しかも、ミシュランで星のついた老舗料亭ときたものだから恐れ入る、と凪は心の中で呟く。

「刃物を売ることを生業にしていますからね。お客さまが求めるのがどんな包丁か、その扱いも知っておかないと」

そう言って微笑む鋼太郎の横顔には、仕事への矜持があった。

一番の客である料理人たちがどのような包丁を望むか。そのために鋼太郎は大学卒業後、月注に入る前に見聞を広めるためどこかに就職するのではなく、老舗料亭への修業を決めたことを、凪は母経由で知っている。

どこかの企業に就職すれば、老舗刃物問屋の経営に役立つ術を学ぶことはできただろうが、鋼太郎はあえてユーザー側に立った。包丁を使う人はどんな環境下で、どんな仕事をするのかを目の当たりにすることで、相手の求めている包丁を知ろうとしたのだ。相手の求めているものは必ずしも表に表れるわけではない。心の奥底に隠れているものも少なくない。鋼太郎はそれを掘り起こすための努力を怠らなかった。

お客さまの求める包丁を生み出す職人も蔑《ないがし》ろにしないのが、鋼太郎だった。

鋼太郎が堺の町をよく訪ねるのも、職人たちと対話を重ねることで、よりよいものを生み出してほしいと願っているからだ。

堺と京都はゆうに片道一時間半かかる距離だ。それだけの時間をかけてでも、鋼太郎は足繁く通い、自分の目で確かめる。

「鋼太郎みたいに問屋がしっかりしてくれているから、私は余計なことを考えんで、研ぎに集中できるのはありがたい」

玄一はよく言っていたものだ。客の言葉だけではわからない要望を掘り起こし、包丁の形に集約しようとすると、玄一や凪のような口下手な職人側への負担が大きくなる。鋼太郎のようにそれを代わりにやってくれる人がいて、研ぎだけに集中できるのは、大きなメリットだった。

「鱧はなんでこんな風に細かく切って食べないといけないの、鋼太郎？」

そう尋ねるビヨーンにとって、これは相当面倒くさい作業に思えるに違いない。

「昔、内陸の京都まで運べる魚は、鱧くらいだったんですよ」

今のように流通事情が発達していなかった頃は、瀬戸内や兵庫など近隣の漁港から運んでも、魚はすぐだめになった。

「生命力の強い鱧は京都までも運んでも活きがいいので、京都の人は鱧を珍重したんです」

小骨も多いし、調理にも手間がかかる。そういう理由もあって、関東では食べる機会が少ない魚ではある。もともと江戸は豊かな海に面していて、魚類が豊富に手に入るから、こんな手間のかかる魚を食べる必要はないのだ。

「関東では白身の魚はあまり好まれない傾向にありますしね」

関西は白身の魚を食べる傾向が強く、売れ筋の魚も関東とかなり違う。

「地方によって好まれる魚は違いますし。食べる食べないは、それぞれの選択ですよね」

鋼太郎はそう言うと、先ほど捌いたばかりの鱧を大皿に載せ、運んできた。半透明の鱧の切り身が、皿の青白磁《せいはくじ》に映える。

「きれい……」

佐貫は携帯で写真を撮った。

鋼太郎は撮影の邪魔にならないように、卓袱台にセットしたカセットコンロの上に鍋を載せた。鍋には昆布が入っており、しっかり出汁が出ている状態だった。もうひとつの大皿には切られた野菜が並ぶ。

「というわけで、今日は鱧しゃぶですよ。そのままお出汁に鱧をくぐらせてください。お出汁だけで楽しんでくださってもいいですし、梅肉を添えてもらってもいいですよ」

召し上がってください、と鋼太郎に促されて、凪は箸を取った。ビヨーンはどう食べればいいのかわからないようだったし、客の佐貫は箸を持ったまま俯いていたからだ。

ふたりにかまうことなく、凪は鱧を出汁にくぐらせる。

乳白色の鱧の身が、瞬時にぎゅっと引き締まり色が白く変わっていく。

口に含むと、ふわふわとした身の間からお出汁が溢れ、ほっと息が漏れる。

ねぎを包んでもよし、少しすっぱい梅肉を添えるもよし。

ついつい箸が進んでいく。

「……ごめんなさい」

いきなり佐貫は箸を置き、頭を垂れた。束ねられていた佐貫の髪のひと房が揺れた。

「あんなことを言ってごめんなさい」

あんなこと。

それは凪に向かって放った「なにも考えてないのと同じじゃないんですか」という言葉だということが、凪にはすぐわかった。

「私、編集者としてはもう限界を感じていて、ついひどいことをあなたに言ってしまいました。まっすぐ仕事に向き合っているあなたが、つい羨ましくて。私とは全然違う仕事で、事情も違うのに」

情けないです、と佐貫は漏らした。

凪は驚いた。佐貫の目には、自分はまっすぐ仕事に向き合っているように見えるのか、と。

「出版社で仕事をするのはすごく窮屈で。大きなところだから、自分の考えた企画は通りにくいし、次から次へとまるでベルトコンベアの上に載せていくようにものをつくっていって。本当はもっとひと作品ひと作品、丁寧につくっていきたいと思っていたの」

凪には出版業界のことなんてわからない。

研ぎの仕事は、一本つくってなんぼの世界だから、業績を上げたいなら、単価を上げる仕事をするか、数をこなすかの選択を求められる。

でも、自分のつくったものに誇りを感じていて、適当にものをつくりたくないという佐貫の気持ちは部外者の凪にもわかった。

「もっと自由に仕事をしたいと思ってしまったの。でも、今の安定した生活を捨てるのはどうしても怖くて。出版社に入るために就職活動もすごく頑張ったし、今までずっと会社員でやってきたわ。それを手放してフリーでやっていけるかどうかなんてわからなくて……。そういう苛立ちをあなたにぶつけてしまったんだと思います」

佐貫からしてみれば、凪は眩しく見えたのかもしれない。

一生をかけて真摯に包丁に向き合う。そんな職人の生き様に憧れて取材に来る人たちがいることを、凪は知っているからだ。

一生をかけて本と向き合うことの意味について、佐貫は回答が出せずにいる。

私も同じだ、と凪は思った。鋼太郎にかつて言われた「この仕事の意味」について答えられずにいる。

でも、凪は佐貫の苦しみをわかってあげることはできないと思った。彼女は自分自身で答えを出すしかないからだ。

凪の人生は凪のものだ。同じように佐貫の人生も佐貫のものだ。まったく異なる。

でも、その共感によって凪は自然と彼女の謝罪を受け入れることができた。

「――鱧も一期《いちご》、海老も一期」

ふと凪は呟いた。

「苺？」

ビヨーンは首を傾げる。

「ちゃうって。ほら、一期《いちご》一会《いちえ》ってあるやん、千利休《せんのりきゅう》のおっちゃんが言ってた、そっちの一期」

凪は箸を使って、宙に文字を書く。鋼太郎はお行儀悪いですよ、と小言を言ったが、凪は気にするそぶりすら見せない。

「鱧も小骨を切られて人間に食べられるし、海老も背わたを抜かれて人間に食べられるし。同じように水の中に住んでいても、結局結末は同じじゃん？　人に食われてしまうやん」

話の脈絡が摑めず、佐貫はぽかんと口を開けている。ビヨーンは両方ともおいしいよね、とのほほんと鱧《は》を食んでいる。

「凪の言いたいことはなんとなくわかるけれど、ちょっと違うからね」

鋼太郎が助け船を出す。

「鱧も一期、海老も一期。これはもともとね、人の境遇はさまざまであっても、結局は死という同じ結末をたどるということを表す言葉なんですよ。諸行無常《しょぎょうむじょう》を表した言葉と言ってもいいのかもしれませんね。一期は一生という意味でもあります」

「そうそう、それが言いたかったんよ。つまりな、どうせ死ぬんやったら、好きに生きて好きに死んでいったらええと思うねん」

ひどい言いように、佐貫は言葉を失ったままだった。

でも、たしかにそうなのだ。自分の一生は一度だけ、結末はいつでもひとつだけなのだ。どんな道をたどっても、遅かれ早かれ、やがては死ぬ日が来る。

自分が死ぬまで、どうやって人生を生きたいか。

「食えんようになったら、そんときに考えたらえええんちゃう？」

凪のあっけらかんとした無責任な発言に、佐貫は思わずくすりと笑ってしまう。十代の年下の女の子にひどいことを言ったら、こんな返しか。しかし、佐貫は自分の心に一陣の風が吹いたような気がした。

「あ、人が話しているうちにビヨーンが鱧めっちゃ食ってる！　うち、まだあんまり食べてへんのに！」

「食卓は戦場！　弱肉強食！」

「鱧ばっかりじゃなくて、野菜もしっかりと食べなさい。ふたりともほら、ニンジンが煮えましたよ」

「カロチンを摂りなさい、カロチン。ほら、佐貫さんも早く食べないと育ち盛りどもに全部取られてしまいますよ」

「ニンジン嫌や」

鍋奉行の鋼太郎に促されて、佐貫は箸を取った。

骨の食感などまったく感じないほど、ふわふわとした白身が口の中でほぐれる。

「おいしい……」

古《いにしえ》の人は骨ばかりの鱧を食べることをどうして選んだのだろう。選んだからこそ、どうやって食べられるかを試行錯誤して、手間をかけて、おいしく仕上げた。

佐貫も選ぶだろう。だからそこで生きていく方法を考える必要がある。

鱧は夏の滋養強壮《じようきようそう》を目的に食べられた魚、ということを思い出して、佐貫は微笑んだ。

「負けませんよ、私、兄弟が多いから、飯戦争には強いんですからね！」


ニュースで梅雨明けが宣言された翌日、凪がポストを見ると、一通の茶封筒が届いていた。

見慣れない名前に、凪は首をひねった。凪は鋏も使わず開ける。中には厚紙に包まれた冊子のようなものと一枚の葉書が入っていた。

葉書は、佐貫の挨拶状だった。

便りによれば、ひとりで出版社を立ち上げたという。自宅兼オフィスという狭い場所からのスタートです、と小さくペンで書き添えられている。

凪は葉書を見つめながら、口元を綻《ほころ》ばせる。

佐貫が立ち上げた会社の名前は、「Ichigo《イチゴ》」だった。

「なんや安直やと思うけど」

――本を通じて、あなたと出会えるのは一度きりです。その一度きりがとびっきり素敵なものであるように、と願いを込めました。

厚紙の中には小さなアルバムが入っていた。

佐貫が高落刃物製作所で撮った写真が厳選してまとめられている。一期を切り取った一瞬がそこにはあった。

第三話

古墳と昆布と煙草包丁

座布団を枕にビヨーンは、窓の向こうの庭を見ていた。雨はしとしとと相変わらず静かに降り続いており、新緑が萌える木々の葉を濡らしていた。

「いつになったら止むの？」

ビヨーンが大柄な体を畳に伸ばして、口いっぱいのあくびをした。

（ビヨーンがびよーんと伸びてるやん）

凪は親父ギャクのようなことを思ったが、さすがに口にはしなかった。しょうもないことを口にしなくてもいいと思ったのが第一、ビヨーンにはとうてい伝わるわけがないと思ったのが第二の理由だった。

「ううっ、ベタベタする……」

ビヨーンはTシャツを摘まんでパタパタさせる。

スウェーデンのような乾燥した気候の土地に育った人間にとって、肌にまとわりつくようなじめじめとした湿気はきついらしい。

スウェーデンでも長雨が降る季節があるのだが、それは雪の降る前の、秋の頃の話だ。

さすが日本は雨季のある国とビヨーンが喜んでいたのは、ずいぶんと昔のことのように思える。

「梅雨って、いつ終わるの？」

「七月の半ばくらいやろうか？」

凪が適当に答えると、ビヨーンは衝撃を受けた顔をした。

「え、まだ一ヵ月もあるの！」

「梅雨明け宣言はニュースで教えてもらえるから、そのときまで待っとき」

「えー」

ビヨーンは座布団を抱えて、ごろごろ転がる。大の大人に畳の上で転がられてもなんら可愛くない。

（文字通り、熊やったらかわええな）

とりとめのないことを考えながら、手を動かし続けた。

鋼太郎からの紹介以来、ビヨーンは凪の家を訪ねることが多くなった。

ビヨーンは今どき珍しく、住み込みで修業をしている。お給料ももらっているが、修業中の身なので薄給だ。勉強のために包丁を買いたいので節約したい。お金を使わずに、ちょっとした空き時間にひとりになれる場所として凪の家を選んでいる。兄弟子にも嫌な顔をされず、勉強になる教材も多いため、格好の避難所なんだそうだ。実際、ビヨーンの住み込み先から凪の家までは、徒歩十五分もかからないそうだ。

ここは無料休憩所ではないと凪は何度突っ込んだかわからない。

正直なところ、ガタイのいい男が畳の上でゴロゴロしているのは邪魔で仕方がなかった。

凪は袖廊下の明るいところに、作業台を持っていく。とは言え、実際は作業台などという立派なものではなく、低い木の切り株を利用したものだった。

「ねぇ、凪ー」

「うーん、なんや?」

「なんでこの金魚は別々の鉢にわけられているの?」

ビヨーンは袖廊下の端に置かれている金魚鉢を見ながら、尋ねた。赤と黒の金魚はそれぞれの鉢で悠々とひれを揺らめかせて泳いでいる。

「同じ鉢にすると狭いんか、金魚が喧嘩するからや」

ビヨーンの質問に答えると、凪は頼まれた包丁に鏨《たがね》と木槌《きづち》で銘を彫っていく。

カンカンと鏨が刀身を穿《うが》つ音が響いた。

包丁に入れる銘は、持ち主の名前やブランド名といったケースがほとんどだ。

凪は名前を間違えないように、正しい文字が記入された紙で名前と漢字を確認しながら彫っていく。失敗したら替えがないのだ。間違いは許されない。

よくわからない漢字を見つけるたびに、凪は辞書を引いた。しっかりと正しい書き順を確認し、丁寧に木槌で彫っていく。

「なにそれ！」

目を輝かせて身を乗り出してきたビヨーンに、凪は心底面倒くさそうな目を向けた。

「銘切りっていうやつで、名前を彫るんや。よく贈りものとかのサービスであるやろう？」

銘切りは凪がやっているようにひと筆ひと筆彫っていく方法もあれば、あらかじめ判子のような型があって、それを押していく方法もある。

「腐食させて黒い文字を入れるようなものもあったりするけれど、それはデザイン次第やね」

こんな風にいちいち質問に答えていては仕事にならないと凪は手を止めた。ビヨーンの相手をしながら文字を彫れるほど、できた人間ではないのだ。

「僕にもさせて、させて！」

膝立ちのまま跳ねてせがむビヨーンに、凪は辟易《へきえき》する。

「無理、絶対無理」

大事な商品になにかあったら信用問題だ。なので、凪は断固拒否した。もっとだだをこねるかと思っていたのに、ビヨーンはあっさり引き下がる。

「見ててもいい？」

「あんまり鼻息を荒くせんかったらな」

ビヨーンは体温が高いのか、近づかれると熱い。鋼太郎や凪の祖父とはまた違った熱だ。ただでさえ蒸し暑いのに、体が熱いやつに近寄られたらたまったものではない。

音もなく雨が降る中、カンカンと木槌で鏨を叩く音が響く。

ふと凪は鋼太郎の体温のことを思い出した。二匹の金魚を掬ってくれた夏祭りのとき、人混みではぐれないように、凪は鋼太郎と手を繋いだ。その手は、どこかひんやりしていた気がする。

「あら、ふたりともお揃いさんで」

そこへ鋼太郎が傘を畳みながら、玄関から勝手に上がってくる。どうしてこうもみな勝手に家へ上がってくるのかが、凪にはわからない。

しかも鋼太郎は人の家の冷蔵庫に勝手にスーパーで買ってきたものを詰めていく。ものが腐りやすい季節、料理のできない凪にとっては非常に困るのだが、鋼太郎がほとんど全てを料理していってくれるので、実は問題はない。

ただ、鋼太郎にもビヨーンにも煩わしさばかりが募る。凪は人と触れ合うのが面倒だ。それでも彼らを追い出さないのは、不安を紛らすためだ。祖父の入院からもう一ヵ月ほど経っている今、ひとりでいるといらないことばかり考えてしまう。母の春子は、時折連絡をくれるものの、帰らないままだ。

またがらりと母屋の玄関が開き、凪は完全に手を止めてしまった。本日は千客万来だな、と凪は腰を上げる。

「凪ちゃん、もうできあがっとる？」

取引先のひとつである問屋の奥さんだった。伸びているビヨーンには一瞥しただけで、特になにも言わない。

凪は包丁に手書きした納品書を添えて渡しながら、お金を受け取る。

「おおきにな」

中身を確かめて、奥さんはすぐに出て行った。春子となら長話をしまくるのだろうが、残念ながら不在だ。

「あれ、早速ポスターのお客さん？」

ビヨーンは凪がポスターを破り捨てたのには気づいていないらしい。

「ちゃうよ、問屋の奥さん。ああやって研ぎが仕上がったものを回収して回るんや」

鋼太郎の登場で、凪は仕事をする気がすっかり失せてしまった。寝転がっているビヨーンの上を跨《また》いで、冷蔵庫に向かう。

冷蔵庫を開けると、水出し茶の入ったポットがあった。鋼太郎がつくったのだろう。コップに注ぐと、翡翠《ひすい》色のお茶がきらめいた。

「凪、僕も飲む」

「あ、私も」

「鋼太郎も熊も自分で注ぎや」

悪態をつきながらも、凪はふたり分のお茶もコップに注ぐ。

すっきりした口当たりのあとに、舌の上を柔らかな甘みが通り抜ける。グラムいくらのお茶の葉を使っているのだろう、と相変わらず無粋なことを凪は思った。

「あ、そういえば」

凪は今まで気になっていたことをビヨーンに尋ねた。

「あんたの師匠って誰なん？　この前聞き忘れていたわ」

「磯山春雄《いそやまはるお》って人なんですけど、知っている？」

その名前を聞いた瞬間、凪はげんなりとした表情になる。

「嘘やろう？」

「マジ！」

「マジか」

磯山春雄と言えば、堺が誇る名匠のひとり。熟練の職人でも十本つくって数本しかできないと言われ、日本刀にも連なる「水本焼」と呼ばれる技法で包丁をつくることができるほどの達人だ。

水本焼の工程では、まず鋼に焼き入れをする際、泥をどう塗るかで、どの部分に焼きを入れるか入れないかを決めなければいけない。泥の配合は難しく、高い技術が必要となる。その後、熱した鋼を冷やすときに水を使用すると、鋼が一気に冷却され非常に張り詰めた焼きが入る。すると繊細な切れ味になる一方で、割れやすくもなる。

このように水本焼は、鋼だけでつくられているので硬く、研ぐのも難しく、熟練した技能が必要という厄介な代物だ。

水本焼は安定的につくるのが難しいことから、世界でも数人くらいしかつくることができない。

冷却の際に、水ではなく油を使用する「油本焼」という技法も存在する。だが甘い切れ味になることから、どうしても水本焼のほうがいいと感じる料理人も少なくない。

修業は通常十年以上かかることが多いのだが、磯山は四年で修業を終えて、さっさと独立できるほどの人だから、なかなか極まっている。

それだけではなく、多数の弟子を育て上げているできすぎた人だ。彼の育て上げた弟子は、優れた職人として堺の中でも名を上げている。

それほどの懐の深い人だからこそ、ビヨーンのような外国人を弟子にできるのかもしれない。

（いや、磯山さんのことやから、みんなと同じただの弟子って見ているんやろうな）

仏のような磯山の笑みを凪は思い浮かべた。

「そういえば、ビヨーンの弟子入りのきっかけは僕も聞いたことがなかったですね」

「熊はどないして弟子入りしたん？」

「うーんとね、たまたまレンタルの自転車で堺の町を走ってたんだ。そしたらドンドンと大きな音が聞こえてきて」

堺には世界有数の自転車メーカーであるシマノの本社がある。包丁の町であるとともに、自転車の町でもあるのだ。

戦国時代、鉄砲製造で培ったレベルの高い金属加工技術は、堺に蓄積されていた。それらの技術は包丁や自転車へと形を変えて、今日の堺の主要な産業として花開いている。

「不思議だなって思って建物の中を覗いてみたら、真っ暗な中でみんな作業をしていた」

炉の中の温度を、鍛冶師は目視で測る。熟した柿色が適した温度と言われているが、少しでも太陽光の影響を受ければ、ずれが生じる。炎の色を正確に見るために作業場は薄暗くつくられているのだ。

「で、かすうどんをおごってくれた。おいしかった」

かすうどんとは、大阪南河内《みなみかわち》で食べられる郷土料理だ。細く刻んだ牛の腸を油でじっくり揚げて、水分や余分な脂を飛ばした「油かす」を、うどんに載せて味わう。牛肉のうま味が出汁に合わさり、香ばしい風味が口の中いっぱいに広がるのだ。

「おうどんがおいしかったから、こんなにうまいものを食べさせてくれる人はいい人だって思って、弟子になった」

「なんかおうどんの感想になっているんやけど！」

ビヨーンの発言に、凪はがっくり項垂《うなだ》れる。

「桃太郎が犬にきびだんごをあげて子分にするような展開やん」

「この場合は熊ですね、凪」

「そうやな、鋼太郎。ってか、あんた、師匠の偉大さをわかってへんやろう？」

凪はため息を漏らした。だが、ビヨーンは別のところに食いついた。

「桃太郎ってなに？」

「あ、ビヨーンは桃太郎を知らないんですね」

「物語とか歌とかはあんまり」

日本語を巧みに操ることはできるけれど、ビヨーンは小説や昔話といった物語や歌の類に関する知識はさっぱりだった。

「桃太郎は、チ、チェリーボーイや！」

高校時代、英語で赤点しか取れなかった凪が言う。

「いや、僕は日本語が話せるから、英語に直さなくてもあらすじを話してくれればいいよ」

「しかも正解はピーチボーイですからね。チェリーはさくらんぼ、桃はピーチですよ」

チェリーには別の意味もあったが、鋼太郎とビヨーンはこれ以上深く突っ込まないでいてやろうと思った。間違いを指摘された凪は、すでに羞恥心で悶えていたからだ。

身を捩っている凪の横で、とりあえず鋼太郎は桃太郎のあらすじをビヨーンに話してやった。

「あ、そういう話！」

ビヨーンはようやく意味がわかって、納得する。

「お腰につけたきびだんごはないですけど、よかったらこれでも食べませんか？」

鋼太郎は茶色い壺を瓜の前に置いた。

羞恥心で背中を丸めていた瓜も、よろよろと壺のほうへ這っていく。そして壺をまるごと抱えるようにして、スプーンで中身を食べ始めた。

（どっちが熊なんだろう）

普段から熊と呼ばれているビヨーンは、瓜を見ながら思った。

百エーカーの森にいる熊を彷彿とさせるくらいに、瓜の食べる様は熊そっくりだった。

「ほら、ビヨーンもどうぞ」

鋼太郎は別にタッパーに入っていたものを紙袋から出して、ビヨーンに渡した。

ビヨーンが蓋を開けると、中にはうぐいす色の餡《あん》がたぷんと入っていた。

ひと匙掬うと、餡をまとった白玉がころりと載った。ビヨーンは口に含んでみる。

ひんやりとした甘みが口の中にしとやかに広がった。

歯ごたえのある白玉とそれに絡みついた餡の食感が楽しくて、ビヨーンは掬う手を止められない。

「これ、なに！」

「くるみ餅！」

さっきまで生まれたての子鹿のように震えていたかと思ったのに、今の凪の目は生命力に溢れていた。

普段の死んだ魚のような目とは大違いだ。

「堺名物なんですよ。〝かん袋〟っていうお店で売っていて、ここからはちょっと自転車を転がせばいけますよ」

かん袋は阪堺《はんかい》線の寺地町《てらじちょう》停留所付近にあるお店で、堺の中でも老舗の和菓子屋さんのひとつだ。この店が変わっている点は、くるみ餅以外置いていないというところだ。

「くるみ餅ってことは、胡桃《くるみ》が入っているの？」

「いや、その胡桃やなくて、包むという意味のくるみや」

胡桃を原材料に使っているからではなく、餅をくるんで食べるからというのが、くるみ餅の名前の由来だ。

この店名の由来は、豊臣秀吉《とよとみひでよし》が大坂城を築城したときまで遡る。

堺の商人が豊臣秀吉に招かれたとき、その中に和菓子屋の店主である和泉屋徳左衛門《いずみやとくざえもん》がいた。天守閣の工事が遅れているのを見かねた和泉屋徳左衛門は、瓦葺《かわらぶ》きを手伝うことにした。餅をこねるときに鍛えた腕力で、瓦を取っては屋根の上へ次から次へと放り投げる。その際に、瓦が風に煽られ、紙袋《かんぶくろ》が舞い散るように屋根に上がったことから、秀吉が「かん袋が散る様に似ている」とその腕の強さを称え、店名をかん袋と名付けるように命じたという。

「これにかき氷を載せたやつは、めっちゃおいしいんよ！」

「なにそれ！　食べたい！」

目を輝かせるビヨーンに、鋼太郎は微笑む。

「ここから近いですし、近いうちに食べに行きましょう。これからどんどん暑くなっていくので、食べるにはちょうどいい季節です」

「楽しみ！」

「鋼太郎のおごりな！」

「はいはい」

鋼太郎は凪にねだられても、特に嫌な顔はしない。食べさせがいがあるとすら思っているようだ。

「そうだ、凪！」

ビヨーンは急に居住まいを正して、凪に向き合った。

「研ぎを教えてください！」

その頼みを聞いた瞬間、凪は目を細めた。

「絶対嫌や」

体の奥のほうから出たような、とても低い声だった。

「熊、あんた、ちゃんとわかっとるん？」

「なにが？」

「堺の包丁の特徴」

ビヨーンがことりと首を傾げたので、なにもわかってないと凪はため息をついた。

堺はほかの産地と比べてとりわけ、鍛冶と研ぎが明確にわかれ、それぞれがそれぞれの専門性を持って、分業で包丁づくりに励んでいる。この分業制は、堺の刃物産業の歴史を背景として生まれてきたという側面が強い。そもそも、分業制が取り入れられたのは、鉄砲を製造するとき、部品互換式という仕組みを利用するためだった。専門性と効率性を活かすことができることから、包丁づくりでもいかされるようになったという経緯がある。

もちろん、堺以外にも分業制を設けているところはあるし、また逆に鍛冶と研ぎを一括で行っているところもある。

また、鍛冶という仕事に関して言えば、堺以外にも鍛冶だけを行っている地域はある。

しかし、多くは野鍛冶《のかじ》と呼ばれる地元の鍛冶集団で、地元に根付いてものをつくっている。その一環で刃物を手がけることがあり、主に鎌《かま》や鉈《なた》などの農作業で使う刃物や、菜切り包丁などをつくる傾向が強い。この点で、プロ向けの業務用包丁をつくる堺の包丁とは、大きな違いがある。

「私は、まだまだ勉強中の身や。教えられるほどの腕やない。自分の仕事もまだ満足にこなされへん人間に、余計なことを教えることはできへん」

凪の言葉を補うように、鋼太郎はつけ加えた。

「たしかに。まずは鍛冶の技術を徹底的に身につけることが、大事かもしれないですね」

「えー、全部できるようになりたい！」

「だから、堺の分業制の話したやん……」

凪は呆れる。

「最近だと全工程自分のところでやりたいって、分業制から一括生産を頑張っているところもあるしね」

つまり、かつて問屋が行っていた販売も自分たちでしたいという、鍛冶や研ぎなどの製造者がいるということにもなる。それがいわゆる問屋離れであり、鋼太郎たち問屋にとって痛い問題ではあった。

「専門性を高めたいからと言って分業制にこだわっているところもあるし、それぞれがなにをやりたいかなんですよね」

なにを選ぶか。

たったひとつの選択肢だけの差なのだ。選んでしまったもので、なにもかもが変わる。

「あんたの師匠の磯山さんは、昔こう言っとったんやで」

――人の一生は短い。短いから進む距離には限りがあるんや。人はあんまり遠くまでは行かれへん。

――でもな、ひとつのことだけを極めようとして、一歩だけ前へ踏み出すことができるんやったら。それを気の遠くなるほど延々と繰り返して、月日を重ねて、世代を重ねていけたら。

――初め小さかった差が、積み重なっていけば、それは大きな違いになるとは思わへんか。それが堺の包丁を堺の包丁たらしめているものなんや、と私は思うんや。

「磯山さん、そんなことを言っていたんですね」

「ま、えらい昔に聞いた話なんやけどな」

それはかつて凪が堺の包丁について磯山に尋ねたときに言われたことだった。

口下手な祖父は研ぎのことすらろくに教えてくれないものだから、依頼があってたまたま家を訪ねてきた磯山に、凪は尋ねたのだ。

日本にいくつかある包丁の産地には、工業化を進め、包丁が安定的かつ安価に大量生産することを目指したところもあった。それらの産地は技術革新を繰り返しながら、堺とは別の方向へ向かっていった。

包丁全般における堺のシェアがことのほか低いのは、そういった事情も絡んでいる。堺では機械では難しい、細かくて微調整のいるものをつくり続けている。だから、プロの料理人たちが扱う業務用で、高いシェアを誇るようになったのだ。

「すごい！　師匠かっこいい！」

ビヨーンはあらためて師匠の偉大さを知り、感嘆の声を上げる。

「まぁ、生産効率はあまりよくないから、家庭用の包丁とかはがっつりシェアをほかの産地に奪われているんやけどね」

世界三大刃物産地の3Sに、堺ではなく、岐阜県関市の名が挙がるのはそのせいだ。

「それとな、ここだけの話。堺でつくられたもんやとしても、あんまり表に出ぇへんというのもあるんや」

「え？　どういうこと？」

「堺でつくられていても、違う地方の問屋のブランド名がつけられて、産地がわからんようになってしまうことがあったりするんや」

月注の包丁の中にも、堺でつくられているものはあるが、京都の老舗という看板のもと、あたかも京都でつくられているような印象を客が抱くことがある。

それについてはノーコメント、とばかりに鋼太郎は微笑むばかりだ。

「えーー！」

不満げに口を尖らせるビヨーンに、「服でもよくある話やん」と凪は言う。

「メイドインチャイナ、デザインインアメリカみたいな。スウェーデンでも、珍しいことじゃないやろ」

だが、ビヨーンはわなわなと怒りに震えていた。

そして立ち上がり、心の限り吠えようとした。しかし正座の痺れでバランスを崩し、顔面からこけてしまう。

ドン！　という大きな音がして、母屋が揺れた。

「熊、うちを壊さんといて」

凪は仕返しとばかりに、ビヨーンの足をつついてやった。

「つんつん！　つんつんはやめて！」

しかし凪は無言のまま、指先で連打した。痺れがおさまったところで、気を取り直して、もう一度ビヨーンは立ち上がった。

「僕はいつか自分のブランドをつくる！」

予想外の発言に凪と鋼太郎は、目を瞬かせた。

「熊印って名前やな」

「そこ勝手に名前をつけないで！　もっとかっこいい感じで！　ほら、ビヨーン・スヴェンソンみたいな感じで、さらっと！」

「え、でも、熊なのには変わりないやん」

鋼太郎はふたりのやり取りを微笑ましく見ながら、お茶を啜った。

「もちろん、そういう鍛冶や研ぎも堺には増えてきているよ。最初から最後までやりたいって」

問屋を挟むとどうしてもお客さまの顔が見えなくなり、求めているものがなんなのかわかりづらくなる。まっすぐ向き合いたいというところは、販売まで頑張って手がけているのだ。

「まぁ、どこまでやりたいかって話やな。面倒やし、集中したいから問屋に丸投げする人間もおるんやけどな」

たとえば、高落刃物製作所のような小さなところで営業までこなすのは、負担が大きすぎる。堺にはそういったところが数多くある。長年続いてきたのだから、それぞれの専門性に任せておいたほうがいい、そんなスタンスの職人もいるのだ。

「人それぞれですからね」

鋼太郎はふと思いついたように手を叩いた。

「そうですね、せっかくだから堺の包丁の歴史を見に行きませんか？　ビヨーンがやる気になっているみたいですし」

「えー、うち、今日は引きこもって仕事しようと思ってたんやけど」

せっかく邪魔者がいなくなるのだ。この隙に思う存分、仕事をしたい。

「お昼はなにかおごってあげますから」

「行く」

鋼太郎のおごりのひと言に、凪はあっさりと手のひらを返したのだった。

南海《なんかい》電鉄・堺東《さかいひがし》駅から堺銀座《さかいぎんざ》通り商店街を抜けて、徒歩五分。三人がたどり着いたのは、堺市役所だった。地上二十一階建ての高層ビルで周辺にあまり高い建物がない中、高く聳え立っているのが印象的だった。

「なんでまた市役所」

「まぁまぁ」

鋼太郎は凪をなだめつつ、ふたりを市役所の最上階へ連れていった。眼下いっぱいに広がる景色に、ビヨーンは感嘆の声を上げる。

隣の大阪市と比べてあまり高層ビルの類が多くないので、市役所からでも堺市を一望できるのだ。

鋼太郎はふたりをある窓の前まで連れて行く。そして、木々が生い茂った小高い山のようなところを指差す。

「あそこが仁徳天皇陵《にんとくてんのうりょう》古墳です。日本最大の古墳ですね」

エジプトのクフ王のピラミッド、中国の秦の始皇帝陵と並ぶ世界三大墳墓のひとつとも言われている古墳だ。

「いつも思うんやけど、あれはただの森やな」

地上からだと全貌がまったく見えないので、ただの森か丘のようにしか見えない。そのため、有名な古墳と言われても、ピンとこなかったりする。

凪は歩いたことはないのだが、日本最大の古墳だけあって、一周一時間半くらいかかるらしい。

「学生さんがようデートで古墳のまわりを延々と歩いているって、聞いたことがあるけど、ほんまかな？　あれ、めっちゃくちゃ歩かなあかんやん」

「いや、たぶんそれはきっと少しでも長く一緒にいたいから歩くんだと思いますよ」

「それは知らなんだ。さすがモテモテ鋼太郎くん」

修業のため高校時代を堺で過ごした鋼太郎は、「停留所の君」として有名だったのだ。鋼太郎が路面電車を待つ間、静かに本を読んでいる様は、なにか人の心をくすぐるものがあったらしい。彼が乗る電車だけは、いつも女子生徒で満員だったという。そんな風にみなの関心を惹きつけた鋼太郎は、きっと仁徳天皇陵古墳を百周くらいはゆうにしたのかもしれない。

「鋼太郎、モテモテだったんだ！」

「その話はいいですから」

鋼太郎にとっては黒歴史なのか、顔を背けられる。

「はいはい、では説明を続けますよ」

堺は摂津国《せっつのくに》、河内国《かわちのくに》、和泉国《いずみのくに》の境にあることからつけられた名前のとおり、交通の要衝だった。長尾《ながお》街道、竹内《たけのうち》街道、西高野《にしこうや》街道、熊野《くまの》街道、紀州街道など主要な五つの街道が通り、人と物が集積する土地として発展する。

また瀬戸内海の東端に面していることから、水運も発達し、堺は貿易港としても栄えた。

古墳を造る際にも、その点が大きく影響する。たとえば、多くの鋤《すき》や鍬《くわ》が必要となるが、それを造るための材料は交通の要衝《ようしょう》である堺だからこそ集まった。

「材料が手に入らんと、どないもこうにもできへんもんなぁ……」

「なにもないところからは、なにもつくれませんもんね。まぁ、材料が揃っても、技術を持った人がいなければ加工もできないのですが……。ここ堺は国際的な貿易港として発展します。技術を持った渡来人《とらい》が訪れるようになるんですよ」

大陸から訪れた渡来人によって伝来した金属加工技術とともに、鍬や鋤などの農具をつくる技術が発展した。

「鍛冶にまつわる地名も多く残っているんですよ。たとえば、日置荘《ひきしょう》、金岡《かなおか》、黒土《くろつち》などがそれですね」

凪は鋼太郎の話を耳にして、よく調べたんだろうなという印象を受けた。鋼太郎はいつでも努力を惜しまない。そういうところは評価するべきだと凪は思うが、いかんせん、話は長いし、話している様子は詐欺師のように胡散臭い。

ビヨーンが楽しそうに聞いているので、水を差すのは悪いと思い、黙ってはいるが。

「やがて時代は進み、いわゆる堺の黄金時代が始まります」

一四六七年から始まった応仁の乱によって、遣明船《けんみんせん》は従来使っていた兵庫津《ひょうごつ》ではなく、堺港を使うようになった。そして、日明《にちみん》貿易によって莫大な富を得た堺の商人は、堺港が海外貿易の拠点となると同時に、莫大な資本を蓄えることになる。

「堺の商人のひとりである橘屋又三郎《たちばなやまたさぶろう》は、一、二年で鉄砲の製造を勉強して、それを堺まで持って帰ってきます。そして職人を集め、鉄砲をつくり始めました。昔から金属加工技術を持った職人が多い堺だからできる話ですね」

橘屋又三郎は「部品互換方式」と呼ばれる部品の規格を統一する。さらに、別々に造っても組み立てられるよう分業制を採用することで、大量生産を可能とした。堺は鉄砲の一大産地として名を馳せるようになったが、幸か不幸かその頃には戦乱が収まり、徳川幕府が開かれるようになって、太平の世が訪れた。

鉄砲を必要としない時代の到来は、堺の金属加工技術を、煙草を切るための包丁づくりへ進ませた。

煙草の葉は細かく切れるほどいいとされており、堺の煙草包丁はその出来のよさから全国に名を轟かせた。特に「堺極《さかいきわみ》」の印が刻まれた包丁は、幕府の専売として売られることとなったのだ。

「かつては七町——北旅籠町《きたはたごちょう》、桜之町《さくらのちょう》、綾之町《あやのちょう》、錦之町《にしきのちょう》、柳之町《やなぎのちょう》、九間町《くけんちょう》、神明町《しんめいちょう》だけでつくられることを許されとったらしいんやけどね」

それ以外の地域でつくられるのは、歴史的に禁じられていた。

天下の台所と呼ばれていた大坂が近かったことも、よかったのかもしれない。食文化を支える礎のひとつとして、堺の包丁は発展していった。

「そうだったんだ！」

ビヨーンは熱心に聞いていた。が、一方の凪はみたらし団子をもぐもぐと頬張って食べていた。

地元の新生しょうゆを使っている逸品で、こくも香りも深い。

「凪はもうちょっと歴史にも関心を持ってもらいたいものですね」

だが、凪は鋼太郎の小言を気にも留めず食べ続ける。

「ある程度知っているしな。要は熊に包丁にまつわるネタを教えたらええんやろう？」

凪は最後のお団子を歯で串から外す。

「ほな、次は昆布といきましょうか」

次に一行は凪に連れられて、七町のひとつである柳之町へやってきた。古い日本家屋のひとつに藍染の暖簾《のれん》が下がっている。京の着倒れ、大坂の食い倒れ、堺の建て倒れと言われるように、贅《ぜい》を凝らした町屋だ。

かまどの煙を逃す煙出《けむだ》し、虫籠窓《むしこまど》、本瓦葺《ほんかわらぶき》の屋根の四方に鬼瓦《おにがわら》が飾られている。

「おっちゃん、こんばんはー」

勝手知ったる家とばかり、凪は裏手から作業場のほうへ顔を出す。漂ってくる昆布のふくよかな匂いが鼻腔《びこう》をくすぐる。

うどんやバッテラが食べたくなる匂いだな、と凪はいつも思う。

「お、凪やんか。どないしたん、イケメンふたり連れて」

昆布をすいていた辰二郎《たつじろう》は顔をあげた。

「しかも、外人さんまで！　凪、お前引きこもりやったのに、ほんまどないしたん？」

「引きこもりは余計やし」

凪は辰二郎に冷静に突っ込んだ。ビヨーンはいざ知らず、鋼太郎はそういう存在ではないのだ。

「あ、よう見たら月注のとこの跡取りさんやんか。これは失礼したわ」

「いえいえ」

鋼太郎は笑みを崩さない。なんとなく気まずい空気が漂ってしまい、凪は居心地が悪くなる。

「そうや、おっちゃん。昆布をすくところを、この熊に見せてあげたってな」

「あいよ」

辰二郎は雪駄《せった》を履いた左足で昆布を踏みつけた。そして、右手に持った刃を昆布に押し当てる。シュッシュッと小気味よい音が作業場に響く。

ふわりふわりと天女の羽衣のように昆布が薄く削れていく。

「ほら、食べてみぃ」

削りたての昆布は、舌にのせると淡雪のように溶けていく。旨みを舌の上に残しつつ。ビヨーンは青い目を丸くしながら、顔をほころばせた。

「おいしい！　なにこれ、不思議な味！」

明るい顔のビヨーンとは違って、凪の表情は曇る。

「……これ食べているとバッテラが欲しくなるんよね」

「たしかに一杯やりたいねぇ」

辰二郎も手をくいっとさせる仕草を見せる。

「おっちゃん、仕事中やろう」

「ケチやな、凪も」

「おっちゃんには負けるわ。こないに薄く削られへんもん」

「そこは職人技って言うてな」

辰二郎は刃先に指で触れた。薄い刃が銀色に輝く。

「触ってみるか？」

差し出された刃にビヨーンは触れてみた。鋭いだけではなく、吸いつくようなしなやかさがあった。

「この刃はアキタって言うんやけどな、これを研ぐのはめっちゃ大変なんやで」

固い昆布を削るので、二十分ほどですぐに切れなくなってしまう。何本も替えを用意しておかなければならない。

昆布の手すき職人が一人前になるためには、アキタを砥石で研げるようになる必要がある。

凪もアキタは研いだことがない。通常の包丁とは研ぐ手法が異なるからだ。

アキタは、剃刀で左から右へ数回動かして、一ミクロンほどの返しを付けなければならない。それは「アキタを入れる」と呼ばれる包丁に返しを付ける作業で、その習得には十年もかかると言われているほどだ。

昆布をすく指先が、返しをどれくらいの長さで必要とするのか覚えた上での研ぎなので、凪には手が出せないのだ。

「こうやって削げる人も、もう片手で数えられるほどの人しかおらへんからな。めっちゃ貴重やで」

ビヨーンは頷きながら、おぼろ昆布をもぐもぐと味わった。

「そういえば、昆布って堺で取れるの？」

「取れるわけないいやん！」

「ああ、ビヨーンにはわかりづらかったかもしれませんね。もともと昆布は北海道から来ているんですよ」

江戸時代、昆布は交易船である北前船《きたまえぶね》で北海道から大坂や堺へ運ばれていたのだ。堺には煙草包丁をはじめ、鋭い刃をつくる技術があったので、とりわけ手すきの昆布加工が盛んになったのだ。

「昆布加工業者が、最盛期は百五十軒くらいあったそうなんや。まぁ、昭和の初めくらいやから、ずいぶん昔の話なんやけど」

辰二郎は説明をつけ加えた。

大阪には堺と同様に昆布の加工業者が多い。

一説では昆布文化の定着は大坂城築城と深い関係があるという。石垣を築くための巨石を運ぶのに、下に敷いた木製のソリの滑りをよくするために、昆布が敷かれた。使い終わった昆布がもったいないからと使い出したのがきっかけで、昆布文化が根付いたとされている。

「あと関東と比べて、関西は軟水なんですよね。おかげで昆布の旨みであるグルタミン酸がよく出るんですよ」

鋼太郎の解説に、ビヨーンは感嘆の声を上げた。

「私が連れて来たんやけど、なんか鋼太郎ばっかり感心されてないか」

不満げに凪がぼやくと、「そんなことないですよ」と鋼太郎が返した。

「そうだよ、凪、昆布おいしかったよ！」

「いや、昆布じゃなくて、包丁についてやったよね」

しかしビヨーンはさっきからおぼろ昆布を食べ続けている。

凪は大きなため息をつく。

包丁のブランドをつくりたいと言ったビヨーンに、本来は堺と包丁について知ってもらうはずだったのに。

結果的に、ビヨーンがおぼろ昆布を食べるだけのツアーになってしまったが、まぁ、これもいいかと凪は思い直す。

堺という町を少しでも知ってもらえたのだから。

第四話　たまごサンドとパン切り包丁

凪が母屋でお昼になにを食べようかと考えているとき、ちょうど電話が鳴った。表示される電話番号に県外からの着信と気づき、凪は憂鬱になる。

「あ、もしもし。包丁を直してほしいんだけど……」

軽く名前を名乗られるが、凪にはその客がどのような人か心当たりがない。顧客名簿をひっくり返してみると、有名料亭の料理人だとわかり、祖父は今入院中であることを説明する。

「じゃあ、また高落さんが元気になったら頼むよ」

高落刃物製作所の客は、主に凪の祖父である玄一のものと言っても過言ではない。そして、依頼される仕事のほとんどは、留守を預かっている凪では対処できないものだ。凪の技量は、お客さまの大事な商売道具を預けてもらえるレベルには、まだ達していなかった。もし凪に十分な技量があれば、玄一も凪に研がせることをお客さまに伝えるだろう。だが、そんな機会は、あまりない。

とは言え、一応凪にも馴染みの客がいることはいるのだ。

「……お腹すいた」

納品がてらお昼にしようと思って、凪は財布を持って家を出た。

線路沿いを歩いていると、がたんごとんと音を立てて路面電車が走って行く様が目の端に入る。凪の家はここから離れているのであまり音はしないのだけれど、このあたりに住んでいる人には、電車の音が聞こえるのだろうな、とぼんやりと思った。

住宅街の一角にある小さな喫茶店が納品先だ。瀟洒《しょうしゃ》な茶色い屋根が特徴の喫茶店ラッキー。地元住民の小さなオアシスとして、四十年以上ひっそりと営業している。

ドアを開けると、軽やかなベルの音が響いた。

「あら凪！　もう研ぎ終わってくれたん？」

ひまわりのような笑顔を向けてきたのは、二代目店主の麻衣子《まいこ》だ。ラッキーを継いでから、まだ二年ほどしか経っていないが、先代の頃と変わらない穏やかな店構えを保っていた。

凪が研ぎ直した包丁を差し出すと、麻衣子はうれしそうに包丁の峰を撫でる。

先代から受け継いだパン切り包丁は長年使っているだけあって、本来の大きさよりずいぶんと小さくなっている。しかも先代が癖のある研ぎ方をしたせいで、先端は鉤爪《かぎづめ》のようになっていた。

だが、波型は変わらず、きれいに保たれていた。

パン切り包丁は、その名のとおりパンを切る包丁である。一八九三年のシカゴ万博に初出展された刃物のひとつで、ドイツのディック社によって開発された。長い刃渡りと、特殊なやすりによって波状に加工されたところが、ほかの包丁と異なる特徴だ。この形状にしたことによる利点が、ふたつ挙げられる。ひとつめは、長い刃渡りのおかげで、パンを切るために刃を往復させる回数が減らせること。パンをよく切る職人にとっては、負担が減り時間が節約できる。ふたつめはパンの食感をよりおいしくさせられる点だ。波状の刃で切られたパンの表面に凸凹ができ、空気をより多く含むことになる。そのことによって、柔らかい食感になるのだ。

母の春子がこの喫茶店に通っていたよしみから、途中で凪の祖父が研ぎを請け負うようになった。

当時は麻衣子の母が先代として店を切り盛りしていた。

現在も、店主は一応麻衣子の母であるが、ほぼ引退状態と言っていいくらいだ。アイドルのおっかけをしていて、全国津々浦々で行われるコンサート会場へ出向いているらしい。なので、麻衣子は事実上喫茶店ラッキーの二代目ということになる。

「相変わらずきれいに研いでくるわ。ほんまおおきにね」

麻衣子は裏面を確認した。パン切り包丁は波型の刃をひとつひとつやすりで研ぐ方法もあるのだが、凪は砥石で裏面のみを研ぐ方法をとっている。たくさんの刃の形を維持しながらヤスリをかけるのは、とても難しいからだ。

「ひと晩寝かせているから、今から使っても問題ないで」

研ぎたての包丁はどうしても金気《かなけ》が食材に移りやすいので、ひと晩くらい寝かせたほうがいいのだ。

「つまり、この包丁で早速サンドウィッチをつくれってことやね」

麻衣子は笑いながら、ガスコンロに火をつけた。銅板のたまご焼き器を熱している間に、食パンにマヨネーズを塗っておく。

たまご焼き器が十分に熱せられたところで、麻衣子はたまごを入れた。くるりくるりと手首をリズムよく返して、たまごを巻いていく。みるみるうちに黄色くて大きなたまご焼きができあがった。

やがてマヨネーズを塗った食パンにきゅうり、たまご焼きを挟めば完成だ。麻衣子が受け継いだ喫茶店ラッキーの名物サンドウィッチ。スーパーでも買える食パンで、お世辞にも高いものを使っているわけではない。麻衣子が心を込めてつくり上げた一品だ。

まるで菜の花のような色合いのサンドウィッチが、カウンター越しに差し出される。

熱いのにためらうことなく、凪はがぶりと嚙みついた。

たまごからしっとりとした出汁が口の中いっぱいに溢れて、たまらない。その溢れたものを逃さないように、パンがしっかりと受け止めていた。シャキシャキしたきゅうりが合いの手を入れるかのような歯ごたえを見せ、ただやさしいだけのサンドウィッチの味わいにはなっていなかった。

「はぁ……めっちゃおいしいなぁ」

心の奥底から漏れた声だった。

「凪はいつもおいしそうに食べてくれるから、つくりがいがあるわ」

麻衣子は凪の顔を見ながらしみじみと言った。

「あんた普段は死んだ魚のような目をしているけど、ご飯を食べるときだけはちゃうな」

「死んだ魚のような目のくだりはいらんのちゃう？」

「おいしいもんを食べさせたら、元気になるのはわかりやすくて、私はええと思うんやけどね」

麻衣子はふふふと笑いながら、凪に食後のココアを差し出す。少し苦めだが、牛乳たっぷりのココアは凪の好みに合わせたものだ。

甘さが控えめなのは凪が幼い頃、子どもっぽいココアなんていやだと我が儘を言ったからで、それ以来この店では大人のココアを出してくれる。

あまり出歩かない凪だが、ここの喫茶店だけは特別で、包丁を納めるついでに必ず食事を摂ることにしていた。

ココアを飲みながら、凪は麻衣子の手を眺める。爪はきれいに整えられ、余計な飾り気などなく、清潔を保つため努力をしている印象が強い手だった。

喫茶店を商う手というのは、こうあるべきなのだろうと、凪は思う。

「そういえば、凪ちゃん、聞いたで。イケメンをふたり引き連れて方々歩いてたんやって」

凪は思わず飲んでいたココアを気管支に詰まらせかけた。しばらく咳をしたあとで麻衣子を軽く睨みつけると、「ごめんごめん」と麻衣子が謝る。

「誰や、そんなん言ったん」

「辰二郎さん」

たしかにおぼろ昆布を見せるために、鋼太郎とビヨーンを辰二郎に会わせた。辰二郎はわかっているだろう、凪とあのふたりの間に、恋愛感情みたいなものがあるはずないと。

ビヨーンはともかく、鋼太郎は本当に違うのだ。

他人からは幼馴染みとか、昔からの付き合いがある年上の人、という関係に見えると思う。でも、凪にとってはどれもしっくりこない。

「いったいこの仕事にどれほどの意味があるんでしょうか」

と、尋ねてきたときの鋼太郎の印象が強すぎるのだ。凪も持て余している質問の答えが出ない以上、鋼太郎との関係に名前をつけるのは難しかった。

「あのおっさん、いらんことを吹聴《ふいちょう》しやがって。会ったら締める、絶対」

「凪のことやもん、そうやないって思ってたわよ。片方は月注のお坊ちゃんやし、知り合いないんやろう?」

凪は大きく頷く。

「でも、ええなぁ。私もそんな感じでイケメンをふたり侍らせてみたいわ」

麻衣子はうっとりとした目をする。

「侍らすのとちゃうからな。それに麻衣子姉ちゃんには彼氏おるやん」

麻衣子の彼氏は、隣家に住んでいた幼馴染みだ。

中学の終わり頃から付き合いだして以来の長い関係だった。しかし、彼氏が高校卒業と同時に恐竜の研究をしたいと北海道へ進学してそのまま、遠距離恋愛を続けている。

大学卒業時に戻ってくるかと思いきや、今度はアメリカで博士号を取ってくると飛び立って行ってしまった。

今年でふたりは二十八になるが、麻衣子の彼氏はいまだに帰ってくる気配がない。今は中国の内モンゴル自治区を拠点に、ゴビ砂漠で恐竜の発掘調査に勤《いそ》しんでいるらしい。

「星の数ほど男がおるんやから、別に延々と待つ必要もないやろうと思うときがあるんよ」

ここだけの話、と麻衣子は人差し指を唇に当てる。

もう二十八だ。

決めなければいけないときが迫っているように感じていることが、麻衣子の表情に浮かんでいた。

麻衣子もただいたずらに、恋人のことを待っていたわけではない。

高校を卒業してから珈琲などの豆類の卸店に就職して、南米を回って買いつけをしていた。楽しい仕事だったけれど、ずっと続けていく仕事ではないという気持ちもあったようだ。

先代が体を悪くして店を畳むことにすると言ったときに、ラッキーを守りたいからと戻ってきたのだ。

「なんかね、『予約席』の札をテーブルに載せたままみたいな感じなんよ」

とめどなく流れていく日々の中で、ひとりのために席を開けたままにしている感じなのかもしれない。

それにしても、いつまでも空席にしておけるほど、余裕があるわけではない。

「一刀両断とか、快刀乱麻を断つみたいな感じで切っちゃえたらいいのにね。凪が研いでくれた包丁はよく切れるでしょう？　あんな風にスパッと」

サンドウィッチの断面は、いつもきれいで滑らかだ。

「でも、切っても切れぬ人の縁ってね」

麻衣子の小さな笑みが、凪の心をざわつかせた。

家に戻る道すがら、凪の頭は麻衣子の寂しげな笑みでいっぱいだった。

麻衣子を寂しい思いにさせたクソ野郎を殴りたいとか、そんな気持ちがふつふつと湧き上がるが、たぶんそれは麻衣子の望みではない。

凪はまだ十九だ。二十八歳になる麻衣子の心の機微はわからない。

でも凪も麻衣子と同じように、人の帰りを待っているのだ。十一年前家を出て行ったっきり連絡のない父親を。入院したまま帰らない祖父を。

待ち続けるのは、案外辛くない。

欠けてしまっていることが、いつの間にか日常になってしまうのだ。

ただ、ふとした瞬間に欠けてしまったものを思い出すと、その瞬間たまらなく辛い。

だから、切ることができるなら、関係を切ってしまいたい。

複雑に絡みついたものを切ってしまえば、なんにも煩わされることなく生きていられるだろうか。そんな気持ちが頭をもたげる。でも、切ってしまったあとの自分のことを考えると、どうしてもためらってしまうのだ。

そんなとりとめのないことを考えていると、ふと喫茶店ラッキーを近くの電柱の向こう側から見ている男がいるのに気づいた。

無精髭が生えまくり、肌がずいぶんと日に焼けた人だった。しかも大きな荷物を背負って、熊手やら手ぼうきなどの道具をぶらさげている。

凪があまりにもじろじろ見ているものだから、男も凪に気づいたのだろう。からんからんと怪しげな道具を揺らしながら、慌てて走り去って行った。

「完全に不審者やん」

今度見かけたら警察に通報しようと思いつつ、凪は家路に着いた。

「……鋼太郎、なんでこれがおるん？　前から言っとるけど、勝手に人を家に上げんといてって言ってるやん」

凪は不快そうに鋼太郎に言った。

これと凪があごで差したのは、さっき見かけた不審者だった。正座をして、鋼太郎の出したばかりのお茶を啜っていた。

この前の鱧のときもそうだったが、鋼太郎は家主の断りなく人を家に上げすぎである。

「怒らないでください。彼、春子さんに会いに来たんだそうですよ」

だが、母の春子は家を留守にしている。

それにこのような不審者は知り合いにいない、と凪は冷たく男を見下ろした。

「凪ちゃん、おおきぃなって」

「誰や、あんた」

「寛平《かんぺい》だよ、寛平。覚えてない？」

その名前を聞いた瞬間、凪は思いっきり顔を顰めた。堺を出る前はもっと線が細くて色も白かったはずだ。しかも、絵に描いたようなガリ勉よろしく、牛乳瓶の底のような厚いレンズの眼鏡をしていたのを凪は覚えている。

「こないに毛むくじゃらやなかった」

「月日の流れは残酷やね。凪ちゃんも前はこないに愛想のない子やなかった」

　さめざめと泣くふりをするものだから、凪はイラっとした。麻衣子の話を聞いたあとだったので、目の前の男になおさら苛立ちが募る。雰囲気を察してか、鋼太郎は話を進めた。

「春子さんには代わりに用件を聞いておいて、と言われたのですよ。ほら、凪もお茶とお菓子を食べながら、話を聞きませんか？」

　鋼太郎は淹れたての煎茶を湯のみに注ぐ。

「お菓子にもよる」

「肉桂餅《にっきもち》ですよ」

　それは南蛮貿易でもたらされた肉桂《シナモン》を使った、堺生まれの和菓子だ。香ばしい肉桂が練り込まれた求肥《ぎゅうひ》でこし餡を包んだ一品で、凪の好きなお菓子のひとつでもあった。

　凪は鋼太郎の隣に腰をかけ、無言のまま肉桂餅を食べ始めた。寛平は苦笑しながら、話を始める。

「鋼太郎さんは初めましてになりますね。あらためて自己紹介をさせていただきます、田沼《たぬま》寛平と言います」

胡散臭い髭面で寛平は挨拶をする。だが、胡散臭さでは鋼太郎も負けていないと凪は思いながら、餅を食べ続けた。

「こちらに来たのは、助言をいただきたくて」

「助言？」

事情を知らない鋼太郎は、首を傾げる。

「どうせ麻衣子姉ちゃんに会いに来たけど、どんな顔して会いに行けばええか、わからんようになっただけやで」

片頬に餅を詰めたまま、凪は指摘する。

「凪、口にものを詰めたまま話さないでください」

鋼太郎は凪を叱るが、凪はどこ吹く風だ。

「お恥ずかしい話、凪ちゃんの言うとおりでして。高校卒業して以来、この町には一度も戻っていなくて。どうしたらええかわからんようになってしもうて」

「麻衣子姉ちゃん、もう新しい彼氏おるんとちゃう？」

「凪、だから食べ終わってから話してください」

鋼太郎は凪に再度注意した。

「そうであっても仕方がないです。ずっと好き勝手していましたし」

寛平は俯きながら、ぎゅっと服の裾を握りしめる。

「で、なんで何年も会いに来なかったくせに、いきなり会いに来ようと思ったん？」

「ようやくポストに就くことができたんです！」

凪はポストの意味がわからなかった。郵便物を投函する赤いポストになる？　それがそんなにうれしいのだろうか、と首を傾げる。

「就職できたってことですよ」

鋼太郎はそっと解説を加えた。

研究者の世界は博士号を取ったからと言って、すぐに就職先が決まるわけではない。席《ポスト》は限られており、若手はどんどん増えていく上に、古参もなかなかやめないからだ。

「なので結婚を申し込もうと思って帰って来たんです！」

寛平の告白に凪は白けた顔になる。

「こいつ、あほやろう」

「凪、そんなことを言わないの」

鋼太郎が諫《いさ》めても、凪は言葉を続けた。

「今までほったらかしにした上に、いきなり結婚を申し込んで『はい』なんて目を潤ませるような女がいたら、会ってみたいわ」

少なくとも麻衣子はそんな殊勝な人間ではない、と凪は思う。

「で、申し込んでどないするん？」

凪は足を崩し、片膝を立てる。鋼太郎はお行儀が悪いと叱るが、聞くそぶりすら見せない。

「就職先のアメリカについて来てもらおうって思って」

「はぁあああ、なに抜かすねん！　麻衣子姉ちゃんがこれまで一生懸命、築き上げたもんをすべて捨ててついてこいって、今までほったらかしにしとったくせに、あんたどれだけ勝手なん！」

図星をつかれた寛平は、言葉が出ない。

凪も人の心はわからないほうだが、目の前の男はひどく身勝手な人間だというのはわかる。

麻衣子がこの十年で築き上げたものを自分のために捨てろと簡単に言えるのだから。

でも、部外者の凪がとやかく言える話ではない。

「……ま、言うだけ言うたらええやん。言うだけ無料《タダ》やし。外野がとやかく言うても、あんたと麻衣子姉ちゃんのことやから、もしかしたら違うかもしれへんわ」

凪は投げやりな態度で寛平を突き放す。

「……そうやな」

寛平は重たい荷物を持ち上げて、ガチャガチャ音を立てて母屋を出ていく。

「そもそもどんな顔をして会えばいいかなんて、あほな相談やないか。ただの甘えに過ぎないやないの」

凪の呟きに鋼太郎はなにかを言いかけてやめた。


翌日、凪は気になって喫茶店ラッキーを訪ねた。麻衣子は笑顔だったものの、どこか態度に険があった。

凪がなにも言わずとも、麻衣子はたまごサンドを用意してくれる。どんなに麻衣子の気持ちが荒れていても、サンドウィッチはいつもどおり皿の上にきれいに並んでいた。

「今さらどの面下げてくるんやと思ったわ」

麻衣子はひどく疲れたように漏らした。いつも明るく振舞っている麻衣子だったが、昨日のことはかなり応えたのだろう。

凪の予想どおり、昨日喫茶店ラッキーは荒れに荒れたそうだ。常連の奥さま方も麻衣子の味方となり、寛平を追い出したのだという。ちなみにたまたま居合わせた寛平の母も、息子の所業に大いに腹を立て、自宅にすら上げなかったらしい。

「結婚して、今度はアメリカへ行こうって、あほか。うちにはこの店があるんや」

寛平に十年の月日があったのと同じように、麻衣子にも十年積み重ねたものがある。それをあっさり捨てろなんて言い草は、とても許されるものじゃなかった。

「……あいつ、小さい頃から寝ても覚めても恐竜のことばっかりでな。恐竜を研究したいから北海道へ行くと言うたんも、全然不思議やなかった。この町にいつまでもいる人やないって思っていたし」

置いていかれるというより、寛平が行くべきところへ行くだけなんだ、という感慨すら麻衣子にはあった。

「だからな、あいつが北海道へ行くとき、うれしかったんや。寂しいと思ったんは事実やけど、その一方で本当にうれしかったんや。あいつのいるべき世界へ行くべきやろうって、ずっと思ってたから」

麻衣子は自分に言い聞かせるように、何度も同じことを言う。寛平はこの町にいるべき人ではない、と。

「本音を言えばね、あいつが北海道へ行くときに別れを告げるべきやったんや。私は弱いから告げることができへんかったんよ、しょうこりもなく、許されるならば恋人って肩書きを手放さずにいたいと、縋《すが》ってしまったんよ」

自分にはなにもないから、と麻衣子は言う。

なにもないから、どうにかして寛平に見合うようになりたいって思っていた。いろいろ挑戦しては失敗して、ようやくこの店へ戻ってきた。

「お母ちゃんが築き上げたものを継いだときに、ああ、ここがうちの居場所やったんやな、ってほっと肩の荷が下りたんよ。同時にな、もうお別れしなあかんって思った。あいつと一緒にはどこにも行かれへん」

麻衣子は静かな決意を秘めた目をして、パン切り包丁を見つめた。

なにかを選んでしまったら、なにかを手放さないといけないのだ。

「たまごサンド一個、包んでくれへんかな？」

凪は皿に残ったものを包んでくれるように頼むと、「珍しい」と驚かれる。凪はいつでも完食するからだ。

「ちょっと家でも食べたいなって思って」

凪は家に帰ると、母屋でのんびりとお茶を飲んでいる鋼太郎に、たまごサンドの残りを押しつけた。

鋼太郎の口には合わないだろうな、と思ったが、鋼太郎はなにも言わなかった。凪はただ食べ続ける鋼太郎の顔を眺める。ゆっくり咀嚼していった鋼太郎は、やがて食べ終えて口を開いた。

「たまごサンドにきゅうりって少し珍しいですね。シャキシャキしていて、おいしいです」

鋼太郎はサンドウィッチの感想を述べる。

「私は結婚したことがないからわからないけれど」

鋼太郎は、ひと言断ってから言う。

「……凪、私はこれを食べて思ったんですけど、結婚ってサンドウィッチみたいなものかなって思うんですよ」

「どない意味なんや」

わけのわからないことを言い出そうとしていることだけはたしかだった。

「たまごときゅうりって違う素材だから、一緒にいるためにいろいろと工夫をしているでしょう」

たまごは生のままでは挟めないから、だし巻きにしてパンに収まるようにしている。きゅうりはいらない水分をあらかじめ抜いて、水っぽくならないようにしていた。

そんなふたつの具材が、パンから滑り落ちないように繋ぎ止めるため、パンにはマヨネーズを塗っている。

「あのふたりは一緒にいるための工夫って、したのかなって思ったんですよ。ただ待っているだけ、ただ自分の望むままに生きているだけ。そんなふたりが一緒になるのは難しいと思うんですよね」

「鋼太郎はえらい寛平の肩を持つやん。勝手に生きてきたやつに気を遣う必要はないと思うで」

肩を持っているわけではありません、と鋼太郎は凪の意見を否定した。

「凪は麻衣子さんが本心から別れたいと言ってるって思っているんですか。まだきっと悩んでいますよ。一緒にいたいという気持ちを捨てられずにいるんです」

縁を切ってしまったら、二度と元には戻らないのだ。

「……凪も気持ちはわかるんじゃないですか。ずっと待っているわけだから」

凪も麻衣子のように、なにもせずに待っている人であることを鋼太郎は知っている。

鋼太郎はあえて誰とは言わなかったが、凪は声を荒らげた。

「知った風なことを言わんといて」

凪は見透かすような鋼太郎の瞳が嫌いだった。凪が幼い頃からなにもかもわかっているような顔をして意見してくる。

「ごめんなさい」

鋼太郎はあっさり謝る。

すぐに謝った鋼太郎に、凪はなおさら苛立ったが、怒りをぶつけることはしなかった。

凪の心の中には、いまだに幼い頃の凪がいて、いつか父親が帰って来るのを今か今かと待っているのだ。

家族を捨てて出て行ったクソ野郎という点では、寛平同様許しがたい。

父親の不在。欠けてしまった家族。継ぐもののいない高落刃物製作所。

どうしようもなく痛み、恨んだ胸の裡《うち》を、凪はひとりでずっとなだめ続けてきた。

でも時たま、夢想してしまうのだ。

母が父に祖父の入院について連絡し、それをきっかけに父が病院へかけつける。祖父とのわだかまりが解けて、再び父が高落刃物製作所へ戻ってくることを。昔のように祖父と父が仕事を一緒にしているそばで、凪も研ぎをする。そんな妄想が現実になるのをどうしようもなく待ってしまう。

そうなれば、凪も父親のことを許すことができるのかもしれない。

「……本当においしいですね、このサンドウィッチ。凪がお店がなくなるのは嫌だと思うのは無理もないと思いますよ」

少し鋼太郎は考え込む。

「そうだ……お店も残る、麻衣子さんも幸せになる方法をひとつだけ思いついたのですが、どうしましょうか」

「そんな策があるんやったら、早よ言いや」

「うーん、決定を先延ばしするだけの策なんですけどね……」

鋼太郎は珍しく言い渋る。普段は強引にものごとを進めるところがあるのに、今回は慎重だ。

「いいから早よ言い！　言ってから考えたらええやん！」

凪は一緒に行くか、別れるかの二択しかないと思い込んでいたから、その提案に前のめりになる。

「だって、凪はすぐに怒るじゃないですか」

「もうすでにいろんなことで怒ってるから、今さらや！」

「……わかりました」

そして、鋼太郎が提案した策に、凪は結局声を荒らげることになった。

喫茶店ラッキーの定休日に、寛平は店に呼ばれた。帰国したのに実家にすら上がれない状況が続いていたため、この界隈に来るのは緊張感があった。

重たい木とガラスのドアを開くと、軽やかなベルが鳴る。

「待っとったわ」

麻衣子はカウンターから出ることなく、寛平を迎えた。

「ひさしぶり」

「十年ぶりくらいにひさしぶりやね。今はどこに泊まっているん？」

麻衣子は寛平が実家にいないことなんて、とうに知っている。

「知り合いの家」

「そう。ぼうっと立っとらんと、早よ座りぃ」

促される形でカウンター席に座った寛平は、どこか居心地悪そうにあたりを見渡す。

前は入店してすぐさま追い返されたので、ゆっくり雰囲気を味わうことができなかった。

十年も経っているのに、時間が止まっているかのような錯覚にとらわれるのは、店の佇まいのせいだろうか。それとも寛平がこんな店だったと記憶違いをしているせいだろうか。

かちかちと柱時計の音が静かな喫茶店に響く。

「お腹すいているやろう、食べ」

麻衣子はたまごのサンドウィッチを差し出す。普段なら食べやすい大きさに切って出すのだが、今日はそのままの形だ。

「たまごサンド変わったん？」

「変わるわけないやろう、あんた相手に食べやすく切る必要はないって思ったからや。ちまちま食べるの、好きやないって言うてたやろう」

寛平の好物は、この店のたまごサンドだ。よく小銭を握って、この店へ食べに来ていた。小さい頃は子どもの口にも食べやすいように先代のマスターが切り分けていたが、食べ盛りの高校生になってからは、寛平が大きいままかぶりつきたいと言い出して、切ることをやめたのだ。

もっとも食べ盛りの頃は、寛平はこの店でたまごサンドを食べていなかった。麻衣子が家でたまごサンドをつくり、寛平とお昼休みに教室で一緒に食べていたのだ。

寛平がたまごサンドにかぶりつくと、あの頃と変わらない味が口の中に広がる。

教室の机ごしに向かい合っていたあの頃は、毎日のようにくだらない冗談を言い合っては無邪気に笑った。進路が決まっている寛平の前で、麻衣子は決して将来については語らなかったけれど、彼女が不安を感じていたのは知っていた。でも、そのことについて触れなかったのは、彼女に嫌われたくなかったからだ。

あんたになにがわかるのよ、と麻衣子に言われるのが怖かった。別れの日が近づいているのなら、ただただ穏やかに日々を過ごしたかったのだ。

「……おいしいなぁ」

あの頃とまったく変わらない味だ。

「そうやろう」

麻衣子は目を細めて柔らかく笑った。かつてのように不安げに揺れていた瞳はなく、十年間しっかり自分と向き合ってきた強い光がそこにはあった。

その瞳を見て、寛平は彼女の返答を聞かずとも理解した。

「寛平」

「うん」

「あんたとは一緒に行かれへん。私にはこの店があるんや」

「……うん、知っとる」

手放せないものは、麻衣子にもあるのだ。寛平にもあるように。

おあいこだ。

「言うとくけど、俺はしつこい男や。恐竜ひとつでアメリカまで行って、人生を棒に振るのすらかまえへん。それくらい執念深いし、一途な男や。だからあんたをむざむざ手放す気なんて、まったくないんや」

それでも寛平は自分の思いを口にする。

「……一途やなんて、自分でよう言うわ」

くすりと麻衣子は笑った。

「ようやくひとりで立てるようになったんや。あんたを守れるくらいには」

寛平にもずっと負い目があったのだ。同級生はすでに社会で働き出し、しっかり給料を稼いでいる。それなのに自分はいつまでも就職できずに、ただ長く学生をしていて、不安定な立場にいる。好きなことをしている対価だと言われたこともあった。

でも、なにより麻衣子をずっと待たせていることが、ずっと心にひっかかっていた。

麻衣子にも見合う人が現れるだろうことくらいわかっている。

だから就職が決まったとき、寛平はいてもたってもいられず、日本へ帰ってきた。どんなに詰《なじ》られてもいいから、思いを伝えたかった。

どうしようもなく好きで、どうしようもなく一緒にいたかった。

「私にはこの店がある。あんたにとって恐竜が大事なように、私にとってもこの店は大事や。だからごめんな」

麻衣子に断られるのはあらかじめわかっていたのだ。だから寛平は鋼太郎にもらった助言どおりの言葉を口にする。

「それならこうはどうや。俺だけが単身赴任や。世界中のどこへ行こうとも、何度でも帰って来たる」

突然の提案に、麻衣子は口をぱくぱくさせる。

「俺と麻衣子の縁は、いつ切れてしまってもええような、やわなものにしたないねん」

一緒にいられないのなら、せめて麻衣子の隣の席を誰にも明け渡さないようにしたい。

それが寛平の考えた、麻衣子と一緒にいるための最良の策だった。

「……百回くらい通ったら、考えたるわ」

麻衣子は上ずった声で軽口を叩く。

「そんときはサンドウィッチくらいは出してな、長旅やからお腹がすいてはしゃあないわ」

袖廊下の奥に置かれているふたつの金魚鉢。

赤と黒の金魚が悠々とそれぞれの鉢の中で泳いでいる。凪はひとつまみの餌をやった。

「麻衣子姉ちゃんは殴ったらよかったのになって思った」

背中を向けたまま話す凪に、鋼太郎は見えないように小さく笑った。凪は拗ねているのだ。麻衣子が身勝手な寛平に譲歩したことに。

百回訪ねてきたら考えてあげるなんてことを麻衣子は口にしたようだが、時間の問題だと凪はわかっている。

「彼女の性格からして難しいでしょう」

「麻衣子姉ちゃん、優しいもんなぁ」

凪は諦めたように言う。

「うちは根負けして、寛平のほうが負けたらええと思っている」

あくまで凪の願望だ。だが本心からそう思っているわけではない。寛平はもう少し痛い目に遭えばいいという子どもじみた気持ちからなのだ。

「それはちょっとは僕も思いますが……」

人の恋が成就するのを見られたら、きっとサンドウィッチももっとおいしくなるでしょう。

そう鋼太郎がたしなめると、凪は金魚鉢を泳ぐ二匹の金魚を眺めたまま、「そうかもな」とぶっきらぼうに言った。

第五話　水茄子と三徳包丁

凪は悩んでいた。

どのアイスを食べようかと。

昔ながらの素朴なあいすくりんも良し。シンプルなバニラのカップにしてがっつり食べるのも良し。あたりつきのホームランバーを買って、二本目を狙うのも良し。

どれもそれぞれ魅力的で決めがたく、凪は唸った。

真剣に悩んでいる凪の姿を、駄菓子屋の主人である子吉《こよし》は微笑ましく見つめていた。

しばらく悩んだのちにようやく凪はバニラのカップアイスを買うことに決める。

「おばちゃん、お代」

凪が百円玉を差し出すと、皺だらけの手がそれを受け取った。

「凪ちゃんくらいよ、いまだにここへ買いにきてくれるのは」

「家から近いからね」

凪の家からはコンビニへ行くより手前にこの駄菓子屋がある。かつてはパン屋を営んでいて、ついでに子ども向けに駄菓子を売っていたのだけれど、パンを焼いていた子吉のご主人が亡くなってから、商売を駄菓子屋一本に絞っていた。

子どもの数が減ったのか、それともこの古びた佇まいを敬遠してか、昔ほど客の入りがなくなってしまった。

今どきはコンビニで買い物する客が多く、凪は自分以外の客をあまり見かけない。もちろん、今でも放課後になれば子どもたちの溜まり場になってはいる。その時間を避ける凪にとっては、駄菓子屋は数少ない静かで落ち着ける場所だった。

「私もすっかり歳だわ。凪ちゃんがこないに大きぃなったんやもの」

子吉はふふふと微笑む。その笑みに、凪はどこか居心地の悪いものを感じてしまう。凪を小さい頃から知っている子吉には、知られたくない過去のひとつやふたつは握られているのだ。

と言っても、子吉はそれを他人にべらべら話す性質ではない。

だからつい凪は子吉の店へ足を運ぶのだ。

「私もいつまでお店できるんやろうか」

子吉はズボンの上から膝をさすりながら言う。

一昨年に自宅の階段でこけて骨折してから、子吉の膝はあまり具合がよくない。一時は寝たきりかと言われたくらいだが、リハビリをしっかりしたおかげで、またしゃんと歩けるようになった。

膝の具合が悪い程度で収まっているのは、かなり運のいいほうだろう。

「せめて凪ちゃんの子どもが駄菓子を買いに来る頃くらいまで続けていたいわ」

「……どんくらい生きるつもりや」

子吉は八十をゆうに越えている。仮にも凪が結婚して子どもをつくることがあって、その子どもが駄菓子を買いに行く年齢になったら、子吉はもう九十ぐらいだろう。

「だから、いつまでやろうな、って思うんよ」

いつまで。

その言葉は凪にいろいろなことを思い出させる。

祖父も歳だ。

いつまで祖父は職人でいられるのだろう。

いつまで凪は祖父の横で仕事ができるのだろう。

いつまで父のことを待ち続けなければならないのだろう。

言葉にならない思いがゆっくりと凪の中へ沈殿していく。

「古いものは新しいものにとって代わられるべきやから、まぁ、これは順番やね。凪ちゃんみたいな若い世代に譲らなあかんとは思うんやけどね、まだまだもう少し踏ん張りたいわ」

子吉の気概に、凪は「頑張ってもらわなあかんね」とわざと元気な声を出す。

「ごめんね、引き留めちゃって。アイス解けてまうね」

そう言われて、凪はアイスが少し柔らかくなっていることに気づく。表のベンチに座って、ペリッとアイスの蓋をあける。木べらを差し込み、いい塩梅に柔らかくなったアイスを掬って、口に含む。

アスファルトの上には蜃気楼がゆらめき、わんわんとサイレンのように蟬が鳴く。夏の真昼だ。表には人影が見当たらず、時折車が通るだけだった。

いつまで、という言葉が喉に小骨のように刺さって取れない。

ふと道の向こうから歩いてくる女性を見かけた。白い日傘を差し、重たそうな買い物袋を下げている。

日差しのせいだろうか、それとも日傘のせいだろうか、濃い影が顔に差すものだから、女性の顔色はひどく悪く見えた。足元もふらりふらりとおぼつかない。

夏だから、と凪は気のせいだと思うことにした。木べらをちゅうちゅうと吸うと、木の味がした。

だが、次の瞬間、女性はよろけて、道へ屈みこんでしまった。凪は木べらを咥《くわ》えたたまま走り出した。

手を貸すと女性はか細い声で「すみません」と漏らした。

「とりあえず、こっちに座って」

凪は駄菓子屋の前にあるベンチに女性を座らせる。女性の首筋には、汗が無数の粒になって浮かんでおり、白いシャツをひどく濡らしていた。脛は熱いアスファルトに触れたせいか、赤くなっている。

「……ごめんなさいね」

「タオルをもらって来るから、ちょっと待っといて」

凪は奥にいる子吉に頼んで、濡れたタオルを持ってきてもらう。その間に自販機で清涼飲料水を買って渡した。

女性はその冷たさにほっとしたのか、首筋に冷えたペットボトルを当てる。白く透き通った手をした人だった。ただ肉づきが悪く、血管が浮いていた。

奥から子吉は濡れたタオルを持ってきて、女性に差し出した。

「これで汗を拭いてな。この暑さはひどく応えるから、ゆっくり休んで行って」

このところ三十五度超えは普通になっている、酷暑だった。熱中症患者が多く、飛ぶように清涼飲料水が売れており、生産が追いつかないと報道されるほどのひどさだ。誰がいつどこで倒れてもおかしくはない。

　ペットボトルが半分空になったところで、女性はひと息ついたのか、凪に向き直った。

「助けてくださって、ありがとう。私、瀬踏《せぶみ》と言うの。あなた、お名前は？」

　鈴を転がすような、きれいな声をした人だった。

「高落凪です」

「学生さん？」

「いや、もう働いていて、研ぎの仕事をしてます」

「まぁ、そうなのね。研ぎって、包丁とかを研ぐお仕事なのかしら？」

「ええ、そうです」

「私、ここに住んで長いけど、包丁のお仕事をしている人って初めてお会いしたわ」

　包丁はいくら堺の伝統産業とは言え、地元で暮らしている人でも詳しくは知らないものだ。凪はいつものように説明をする。すると瀬踏は相槌をうったり、質問を挟んだりした。瀬踏は聞き上手で、普段は面倒だからと人と話したがらない凪でさえ、するすると言葉を紡いでしまう。

「そうなのね、不勉強で恥ずかしいわ」

　瀬踏の言葉に、凪はそんなことはないですよと返す。こうやって包丁の話に耳を傾けてくれる人というのは、貴重なのだ。普段づかいの道具だが、所詮は道具なんだから、使えればいいという人のほうが多く、研ぎのことなど気にも留めない。惰性で包丁を使い続け、切れ味、使い心地さえどうでもいいと思っている。

「凪さんは本当に包丁について詳しいのね」

瀬踏は感嘆の声を上げる。

「そんなことないですよ、仕事柄です」

「あ、そうだ」

瀬踏は手を叩く。

「実は包丁についての相談があって」

「どんなことでしょう?」

「どんな包丁がいいか、選ぶのを手伝ってほしいの」

凪は鋼太郎と違って、人から相談されて包丁を選ぶことなんて、今まで一度もしたことがなかった。だから答えられないかもしれない、とあらかじめ断りを入れると、気にしなくてもいいのよ、と瀬踏は付け加える。

「実はひとり暮らしを始める人に贈る包丁選びに迷っているの。どんな包丁がいいかしら?」

包丁を研ぐことがあっても、今まで料理をすることがなかった凪にとっては、なかなか難しい質問だった。

ふと、料理に関心を持ったほうがいいと言った鋼太郎の小言が脳裏をよぎった。鋼太郎の小うるさい言葉より、もっと役立つものはないか、と頭をひねる。そこで凪は以前鋼太郎が言っていたことを思い出した。

使う人がどんな性格か知った上で、包丁を選んだほうがいいよ、と。

いい包丁を持っても、錆びさせてしまっては台無しだ。その人にあった包丁というのがある、と。

「……その人はどんな性格をされていますか？」

「そうね」

瀬踏は紺碧の空を見つめながら言う。

「マメではないわ。ずぼらね。恥ずかしいけど靴下を脱ぎ散らかすなんて当たり前。着ていたものは何度言っても、袖とか裏返しのまま洗濯籠に入れるのよ」

怒りながらも、瀬踏の言葉の端々には愛おしさが滲み出る。

「この前なんて爪切りが見つからないって、鋏で爪を切ろうとしたのよ。信じられる？」

凪と同じレベルのずぼらさだ。

昔、嫁入りのとき包丁を五本セットで贈られるのが普通だったなんて話を聞くが、その人の場合はすぐに錆びさせそうな勢いだな、と凪は思った。

「ステンレス製の、抜きでつくった三徳包丁がいいと思います」

凪は堺のある工場でつくられている包丁のブランド名を挙げる。安定して高い品質で包丁をつくることを目指しているメーカーで、切れ味抜群、お値段も手頃だ。

オプションで包丁に文字も彫ってもらえるし、柄の木材も好きなものに変えることができる。

「抜きって？」

「金型で抜いたやつですよ。それに刃を付けたような」

わかりやすく言えば、クッキーの型で抜いたようなものと言えばいいだろうか。

普段凪が研いでいるのは、鍛冶が打った「打ち」と呼ばれる包丁だ。それに比べると、金型を使った「抜き加工」の包丁は安価で、誰でも手に入れやすい。

「ステンレスでも切れ味は十分ですよ。鋼のものよりは劣るけれど、日常で使う分には問題ないですし、なにより錆びにくい」

ずぼらな人間ということは、料理もあまりしないだろう。ということは、すぐ包丁を錆びさせてしまったり、折ったりする可能性が高い。それが安価で買い換えのしやすい抜きをお勧めする理由だ。

「たしかに私、お嫁にいったときに母から何本か鋼の包丁を持たされたんだけど、慣れないうちはよく錆びさせたわ」

錆びさせないための手入れは、慣れない人には負担になる。

料理人などのプロにとっては錆より、なによりも長い時間持続してよく切れることが大事だ。それぞれによりメリットがあるほうを選ぶほうがいい。

「詳細はお店の人に尋ねてもらえれば。きっとお望みの一本を選んでくれると思います」

凪は子吉に借りた鉛筆で裏紙に店の住所を書いた。それを渡すと、まるで宝物の地図をもらった子どものように瀬踏は無邪気に笑った。

「ありがとう、一回行ってみるわね」

瀬踏は礼を言って、帰っていった。

玄一が入院して、春子が看病で家を空けるようになってから、堺で仕事があるたびに、なぜか鋼太郎は高落家を訪ねてはご飯をつくっていく。週一回か二回のペースでやってくるが、特に前もって連絡はない。今日もなぜか鋼太郎は食事を用意しており、凪はさも当たり前のようにそれを食べていた。

本日の献立は、がっちょの天ぷらに、冷やした蕗の煮びたし、ピーマンとトマトの味噌炒め、三つ葉のお吸い物だった。

相変わらずおいしいな、と唸りながら、凪は食べ続ける。

「あ、そうだ。鋼太郎は、ひとり暮らしを始める人にどんな包丁を勧めてる?」

「凪には珍しい問いですね」

「ええから、鋼太郎やったらなにを勧めるんや?」

「そうですね、人によるとしか言えませんが、やはり扱いの簡単な包丁を選ぶかなぁ」

煮え切らない回答だった。

「ネットで月注のお勧め包丁とか売ったら、めっちゃ儲かりそうやな」

「いい案だとは思いますが、月注ではネットは難しいかもしれませんね」

月注は、店先で直にお客さまと話し、その人に合う包丁を勧めることに価値をおいている。

本当の自分の望みを知っている客は、そう多くない。だから話すことで、どんな用途で使うか、使う人はどんな手をしていて、どんな手触りの柄が馴染むか。そういった細かいことを丹念に客から聞いた上で、売るようにしているからだ。

一方でプロ向けには京都中の料亭をまわって、そこにいる料理人に困りごとがないか御用聞きをする。

月注はそれを踏まえた上で職人にきめ細やかなオーダーを出して、鍛冶や研ぎの具合を決めるときもある。

このように月注は単に包丁を売るだけの店ではないのだ。きめ細やかな気配り、それが月注を月注たらしめている所以《ゆえん》だった。

もちろん、包丁が手に入ればいいというだけの人もいるし、月注から暖簾わけした店の中にはネットで販売しているところもある。

「凪もそういったことに興味を持ってくれてうれしいですよ。あ、そうだ、ご褒美にあれを出してきてあげましょう」

鋼太郎は立ち上がり、冷蔵庫から漬けものを出してくる。

ガラス鉢の中には、青紫色の茄子が盛られて漬け汁に浸かっていた。

「水茄子のお漬けものやん！」

水茄子は、大阪の南・泉州が特産の茄子だ。普通の茄子は灰汁《あく》が強く、生食には向かない。しかし、水茄子は水分が多く皮も果肉も柔らかいのが特徴で、浅漬けやサラダには適している。

ちなみに水茄子は金気を嫌うので、手で裂くほうがいいと言われている。というのも昔の包丁は鋼でつくられており、被膜が存在しないから錆びやすい。そのため、切るときに金っ気が移って断面が変色しないように、水茄子は金気を嫌うと言うようになったのやもしれない。被膜があり錆びにくいステンレス包丁なら、水茄子を切っても変色の心配はない。

「ほら、たんと食べて」

青紫の皮と白い身のコントラストが美しく、凪はうっとりとしてしまう。

「変色してしまうから、早めに食べてくださいね」

水茄子は悲しいことに切ってしまうと、徐々に茶色く変色していってしまうのだ。美しいまま食べようと思ったら、すぐその場で食べきるしかない。

凪は漬け汁の中を泳ぐ水茄子を次々に捕らえては、口の中へ放り込んでいった。

祖父の玄一は、五月の終わりに入院してから、もうひと月半くらい経つが、退院する兆しはなかった。

検査入院というのは安心させるための嘘だったんだな、と凪はぼんやり考えつつ、自転車を駅へ走らせた。先日駄菓子屋で子吉に言われたことが気にかかったのだ。いつまでお店ができるだろうか、という言葉が、今まで病院に行かないことで現実を見ない振りをしていた凪を動かした。

何度か電車の乗り換えをしたのちに病院へたどり着いたのは、お昼どきを過ぎた頃だった。

病院に入るとクーラーが利いていて、思わず肩を縮こめる。汗で冷えてしまいそうだ。あらかじめ聞いておいた病室の番号のメモを片手に、エレベーターのほうへ向かった。ふとロビー近くに、先日子吉の駄菓子屋の前で出会った瀬踏を見かけた。話しかけようか、と一瞬凪は思ったが、たった数十分話しただけの人だし、病院にいるときに話しかけられるのは、あまり気分のいいことではないだろうと思い直してやめた。そこまで親しい仲でもないけど、鋼太郎や母の春子なら、すぐに声をかけたかもしれない。

祖父・玄一の病室は八階で、個室だった。

軽くノックをして引き戸を開けると、個室とは言えベッドひとつでいっぱいのスペースに玄一は寝ていた。

ずいぶんと肩や腕のほうが痩せていて、この人は退院したら再び研ぎの仕事ができるのだろうか、と凪は漠然と思った。幼い頃から見ていた祖父の背中は曲がっていたが、古木のように風雨に耐えた月日が肉体に宿っていた。

いつまでできるんやろうか、と言った子吉の言葉が脳裏に蘇る。

もしかして死んでいるんじゃないかと思って、凪が近づこうとした瞬間——。

「なぁに、ただお昼寝しているだけや」

「!」

急に後ろから話しかけられたものだから、凪は声にならない叫び声を上げた。

「ひさしぶりね、凪」

「母さん、驚かせんといて」

「あんたが勝手にびっくりしたんやろう」

凪の言葉に、春子はすげなく返す。一ヵ月ぶりに会ったとは思えないくらい、春子はいつもどおりだった。

「それよりどう?　ちゃんとやれとる?」

「……それなりにはまぁ」

仕事のことはできる範囲でこなしているし、衣食のことは鋼太郎の助けでなんとかなっていた。

ふと鋼太郎のことを言おうと思ったが、凪は口をつぐんだ。なんとなく言わないほうがいいような気がしたのだ。

言ったら春子に確実に叱られる。

それに寝ているとは言え、特に祖父の前で鋼太郎の世話になっている話をするのは気まずかった。祖父は厳格な性格なので、月注の跡取りにそんなに世話になっていると言えば、あとが怖い。昔一緒に遊んでいたときでさえ、あまりいい顔をしていなかったのだから。

なにか話題を探そうとしたが、凪は話すことがないことに気づいた。毎日ぼちぼちやっている、それだけだ。玄一の容体を聞こうと思ったが、実は深刻な病状だったら、と思うとどうしても聞けなかった。

そんな凪の様子を察してか、春子はバンバンと凪の背中を叩く。

「おじいちゃんは入院が長引いているけれど、たいしたことやあらへんから。心配するほどじゃないわ」

春子はそういうが、もしものことを考えると凪の心には暗い影が差す。

高落刃物製作所はどうするのだろうとか、自分に実力がないから跡取りにしてくれないのか、とか。いや、そもそも私が女だから跡取りにしてくれないのか、とか祖父を問い詰めたい気持ちになった。

しかし、体の調子の悪い人にそんなことを言うのは、酷な気がした。

もし、祖父と会話を交わしたら詰るための言葉が溢れそうで、凪はなにも言わないまま病室を出た。


祖父のお見舞いから数日後、いつものように凪は子吉の店でアイスを買った。すっかり日が長くなっているものの、傾きかけて、夕星が空に昇っていた。風に乗って線香の匂いが、暮れなずむ町に漂う。奥で子吉が線香をあげているのだろう。遠くで念仏をあげる声がする。

贅沢をしようと、凪は三ツ矢サイダーを自販機で買って、アイスにかけた。しゅわしゅわとアイスの上で炭酸が弾ける。

いつも座っているベンチでぼんやりと木べらを舐めながら、道を眺めていると、ひとりの男性が向こうから歩いてきた。

「隣ええか？」

男性に声をかけられ、凪は少し横にずれる。

「どうぞ」

男性は薄明かりの中でもひどく憔悴しているのがわかった。熱中症か、と一瞬凪は思ったが、どうもそうではないようだ。男性は新聞紙に包まれたなにかを紙袋から取り出した。

「駄菓子屋の前でアイスを食べる女の子の勧めで買ったんだって家内が言っていたんや」

新聞紙の合間から見えたのは、ステンレス製の抜き包丁だった。しかも凪が勧めたとおり、三徳包丁だった。

三徳包丁の名前の由来は、諸説あるが、三つの用途――肉、魚、野菜――に合わせて使える万能包丁という特徴から来ている。一本でなんにでも使える、家庭ではかなり普及している包丁だ。

贈り物にはよくあるように、「瀬踏」の名前も刻まれていた。

つまり、この男性も瀬踏という名前ということか。ひとり暮らしをはじめるのが、まさか瀬踏の夫などとは予想もしていなかった凪は、驚いてしまう。てっきり子どもが独立するのだとばかり思っていたのだ。でもよく考えれば、今は夏だ。入学や就職の季節ではない。もしかして単身赴任の予定でもあるのだろうか、と凪は乏しい想像を巡らせる。

「早速包丁を欠けさせてしまってな、直してもらいたいんや」

よく見ると包丁の刃先には、小さな丸い欠けがあった。

「……冷凍食品でも切りました？」

「なんでわかるんや？」

「そういう人が多いから」

よくあるのだ。冷凍食品を凍ったまま切ろうとする人間が。いくら包丁が丈夫だとは言え、冷凍物はそれを上回る硬度だ。冷凍バナナで釘が打てると言われるが、まさにそれだ。

「研げるけど、買った店で研いでもらったほうがいいんじゃないですか？　奥さんならご存じでしょう」

その言葉に瀬踏の夫は言葉に詰まる。

「……奥さんは？」

長い沈黙のあとで、瀬踏の夫は声を発した。

「………亡くなったで」

凪は言葉を失った。あのとき病院で話しかけていれば、という後悔がじわじわと心の底のほうから湧き上がる。

「……そうだったんですね」

「あのときは家内を助けてくれてありがとう、と言いたくてな」

瀬踏は凪と会った翌日、すぐに包丁を買いに行ったという。工場も見学したらしく、今まで知らなかったことを知られてうれしい、と夕食の席で楽しそうに話していたそうだ。

瀬踏は結婚してから堺へ来たので、この土地のことを知るたびに、楽しそうにしていたらしい。瀬踏の夫はずっと堺で育ったので、そんなことが珍しいのか、と首を傾げることも多々あったようだが、溢れるような妻の笑顔は好きだったのだと言う。

「たいしたことじゃないですよ」

「おかげで素敵な贈りものがもらえたんや。本当に感謝している」

瀬踏の夫は頭を下げる。

「長い間お別れの準備をお互いしてきたんだけど、いざとなると、不思議なもんやな」

悲しいのか、悲しくないのか、よくわからないな、と瀬踏の夫は笑う。

病気が発覚したとき瀬踏は夫が悲しまないように、と「単身赴任」という言葉を使うようになった。

「これから現世でひとり、単身赴任をすることになるんですからね。私がいなくてもひとりでなんでもできるようにならないといけませんよ」

と、夫に家事のいろいろを教えようとした。だがすべて教え終わるには、時間が足りなかった。

「結婚したら家事を手伝うって言ったのに、全然しなかったツケね」

瀬踏はよく笑いながら、根気よくたくさんのことを夫に教えた。

「そうや、あと、この包丁も研いでくれへんか。家内が嫁入りのときから使っていたやつなんだけど、大事なものだから、ちゃんとしてやりたいんや」

凪は包丁の束を受け取る。たいした量でもないのに、凪はずいぶんと重たく感じてしまった。まるで計り知れない悲しみが染み込んでいるかのような重さだった。

「さて、これから夕飯の支度やなぁ」

「……夕飯はなににするんですか？」

なぜだかわからないが、凪はつい尋ねてしまう。

「あんたはなにがええと思う？　あんまり難しいのは堪忍してな、つくられへんから」

質問に質問で返されて、凪は悩む。母の春子や鋼太郎のつくる料理の数々は、簡単かどうかさえわからなかったからだ。

「聞かれても困るやろう？　毎日の献立を考えるのって、結構面倒やって初めて知ったわ」

瀬踏はニカッと笑う。

「あんたのせいや、包丁なんて家内に勧めるから。ご飯をつくらんとあかんし、そうやから生きて行かなあかん」

「……今度包丁の研ぎ方を教えます。奥さんの包丁が錆びないように」

「面倒なことを教えはる。またあんたのせいや、大事にしなあかんな」

瀬踏の夫は明るく前を向き、夕闇へ消えていく。その後ろ姿を見つめながら、なぜか凪はふと鋼太郎の言葉を思い出していた。変色してしまうから、早めに食べてくださいね、と水茄子を出してくれたときの言葉を。

——その瞬間しか存在しえないものがある。一期一会と千利休は言ったけれど、それは見逃してしまいがちな些細なときの中にあった。

凪は、また当たり前のような日々が戻ってくると信じたかった。

祖父が無事に帰ってきて、元気に包丁を研ぎ続けると。

帰宅すると、母屋には明かりがついていた。鋼太郎が今日も来ているのだろう。

だが、凪は母屋に顔を出すことなく、作業場へ入った。明かりをつけ、すぐさま砥石の支度をした。

瀬踏の夫に頼まれた包丁を研いでいく。

なにも難しい仕事じゃない。冷凍食品を切った包丁の欠けはすぐ直ったし、瀬踏が嫁入りのときに持ってきた包丁は丁寧に使われていたので、研ぎも時間はかからない。

包丁を研ぐ音だけが、夜の静寂に広がっていく。

「……なにかあったんですか？」

入り口のほうから鋼太郎の声が聞こえた。凪は背中を向けたまま、「別に」と返事をする。

「ならなんでそんなに泣きそうな顔をしているのですか」

「勝手に人の顔を覗き込んでくんな、鋼太郎」

凪は顔を背けるが、鋼太郎は気にするそぶりもない。

鋼太郎には情けない顔を見られたくなかった。

「どうしたのですか？　なにかありましたか？」

幼い頃に出会ったときから変わらず、鋼太郎は同じような声音で尋ねてくる。でも凪は懲りたのだ。

慰めを鋼太郎に求めたところで、なにかが変わるわけではない。

悲しみは自分の裡で処理しなければ、二重に傷つくことはわかっていた。

父が出て行こうと荷物をまとめた日、凪は実力に見合わない水本焼の包丁を研ごうとして、割ってしまった。自分が上手く研いで跡取りとして認めてもらえば、祖父と父を繋ぎとめることができる。そう思ってしたのに、結局失敗してしまった凪は、ひどく落ちこんだ。そして、いつでも優しいと信じていた鋼太郎に慰めを求めたら、凪は逆に言葉を返されてしまった。

いったいこの仕事にどれほどの意味があるのでしょうか、と。

「……話したくないことなんですね」

鋼太郎は凪の髪に触れた。でも、凪は昔のように鋼太郎のされるがままにはならない。触るな、と手を払いのけた。

「……鋼太郎は昔、この仕事にどれほどの意味があるのかって言ったん、覚えとる？」

「ええ、貞行《さだゆき》さんが家を出て行った日に言いました」

貞行とは凪の父だ。十一年前に家を出て行ったっきり戻ってこない。母と結婚し婿養子で高落家へ入ってきた人で、本来の跡取りだった。

「この仕事にいったいどれほどの意味があるのか、ほんまのところ、私にもわからんままや」

でも凪は、瀬踏との出会いが答えをくれた気がしたのだ。

包丁は道具だ。

動物と違い、鋭い爪も牙も持たない人が、生きていくために生み出した道具だ。

明日へ命を繋げるために、日々包丁を使っていく。

瀬踏は、夫に命が尽きる日まで生きてほしいと願って、包丁を贈ったのだ。

今まで凪は考えたことはなかったけれど、嫁入りをするから包丁を道具として持たせるとか、家から独立するからと言って包丁を持たせる人の気持ちには、そういった意味合いがあるのだろう。

生きていくために包丁を使う。

だから凪は生きていこうと考える人たちに向けて、包丁を研ぐのだ。

「あんたが求める答えやないかもしれへん……でも、私にとってはな、それが私なりの答えや。………鋼太郎、ご飯やから呼びにきたんやろう。お腹すいたわ」

凪が研ぎ終わった包丁の水気をきれいに拭き取り、新聞紙に包む。

「今日のご飯はなんなん？」

「今日はね……」

鋼太郎は凪を見下ろしながら、少し寂しそうに笑った。

第六話

穴子と出刃包丁

「……暑い」

本格的な夏の到来に、凪は唸っていた。

紺碧に塗りこめられたような空が広がっている。ニュースでは今年は猛暑の予想とのことで、連日の暑さに凪はなんとも気の滅入る心持ちだった。

鋼太郎に指定された待ち合わせ場所の店は、紀州街道沿いに面した宿院《しゅくいん》にある。少しでも日差しを避けたいと思って路面電車を使ったが、この暑さだ。電車を降りてから、ちょっとしか歩いていないのに、汗が滝のように流れる。

「……熊、大丈夫か？」

凪の後ろを歩くビヨーンの足もとは頼りない。

「うん、頑張るー」

北欧育ちのビヨーンは暑さに弱い。なんでもスウェーデンの夏は、せいぜい日本の初夏に相当するぐらいの暑さらしい。そんな環境に慣れた人間には、日本の暑さは灼熱に感じられるだろう。

解けそうになっているビヨーンを連れて、とりあえず凪は喫茶店へ入った。席に案内されるやいなや、ビヨーンはテーブルの上に倒れこむ。

「ひんやりして冷たいー」

ビヨーンはまたびよーんと伸びている、なんてくだらないことを思いつつ、凪は店員に注文をした。

「アイスコーヒーとけし餅ロールを。熊はなに飲むんや？」

ビヨーンは顔を少しあげ、メニューを見る。

「冷たい抹茶をくださいー。凪、このけし餅って何？」

「食べてみたらええやん、熊。どうせ鋼太郎のおごりやし」

「堺で有名なものなの？」

「有名も有名。食べたことのない人いないいってくらい有名や。すみません、お姉さん、この人にけし餅追加で」

「はい、ご注文承りました」

バテているビヨーンの前に、店員はお冷やを置いてから、奥へ下がった。

今日、凪とビヨーンはふたりして鋼太郎に呼び出されていた。なにか話があるらしいのだが、その前に鋼太郎は仕事で人に会う予定が入っているとかで、小島屋本店の二階にある茶房が指定されたのだ。

小島屋は江戸時代の延宝《えんぽう》年間から続く和菓子の老舗だ。特にけし餅が名物として知られており、古くから親しまれている。

窓にかけられたすだれの隙間から夏の日差しが漏れる。風がそよぐたびにテーブルに映る光が揺れた。すだれ越しに入ってくる日差しは勢いを失っても、なお眩しいままだ。時おり風に乗って、がたんごとんと路面電車が線路の上を走る音が聞こえてくる。

「お待たせいたしました」

店員は凪にはアイスコーヒーとけし餅ロールを、ビヨーンには氷の入った抹茶とけし餅を置く。

「凪、これがけし餅？」

ビヨーンは小さな粒々がまぶされた茶色い餅を見ながら、首を傾げる。

「昔は堺近郊でけしの実がようけ、つくられとったらしいんやけど、それを和菓子に使ったもんなんや」

千利休以来、茶の湯の文化が根付く堺には、ずっと昔から人に愛されている和菓子が豊富にある。こし餡を包んだ餅に、けしの実をまぶしたけし餅もそのひとつだ。口に含めば、けしの実がぷちぷちと弾け、香味が広がる。

「……おいしい！」

「それはよかったわ」

凪はけし餅ロールに手をつける。

けし餅ロールは、そのけし餅を和菓子を食べ慣れていない若い世代向けにアレンジしたものだ。

こし餡を包んだ求肥を生クリームとともにロールケーキで巻き、外側にはけしの実をまぶした、味のコントラストが楽しい一品だ。

けし餅のほうが好きだと祖父や母は言うが、凪はこれもなかなかいけると思う。ただし唯一欠点があるとするならば、求肥の部分がフォークではうまく切れないところだろうか。

切り口がもたついていつも形が崩れてしまうのを、凪は悔しく思う。

（フォークの端をナイフのように研げばいいんやろうけど、あんまり鋭いと口の中に入れたとき、怪我する可能性もあるしな）

このケーキに合うのは、普段凪が研いでいるような「打ち」ではなく、「抜き」でつくられたケーキフォークだろう。

そんなことを考えながらロールケーキを食べていると、鋼太郎が階段を上がってくるのが見えた。

「ごめん、お待たせしましたね」

鋼太郎が手を振りながら、こちらへ歩いてくる。普段から凪は鋼太郎のことを胡散臭いと思っているが、仕事をしたあとは、なおさら胡散臭さがにじみ出ていると思う。鋼太郎は上手に笑顔をつくるから、たいていの人はそう感じない。凪がそう感じるのは、鋼太郎との付き合いが長いからだろう。店員のお姉さまは、鋼太郎が相手だと愛想よく笑っている。

鋼太郎はホットコーヒーを注文して、席に着く。

「急に呼び出して、どないしたん？」

凪は単刀直入に尋ねた。わざわざ外で会うほどの用があるとは珍しい。

「ちょっとお願いがあって」

「え、嫌や」

間髪を容れず、凪は断る。

「頼む前に断るのは、ひどくありませんか？」

「だって鋼太郎の頼みなんて絶対ろくなことないやん」

凪の言葉に苦笑しつつも、鋼太郎は切り出した。

「堺大魚夜市《さかいおおうおよいち》に出るので、準備を手伝ってほしいんですよ」

「えー、やっぱりろくなことやないやん」

凪はうんざりした顔をする。相変わらずろくでもない頼みごとをしてくる男だ。

話を聞いていたビヨーンが、尋ねる。

「堺大魚夜市ってなに？」

「ああ、そうか。熊は知らんのか」

毎年七月三十一日に、堺大魚夜市が大浜《おおはま》公園で開かれる。

もともとは地元の漁師が魚を持ち寄って海神を祀る住吉大社の神前への奉納行事だったらしいが、やがてお祭りへと変わっていったようだ。夜になると、威勢のいいセリが行われ、花火もあがる。

宿院に住吉大社の頓宮もあり、八月一日には神輿《みこし》が海を渡る渡御《とぎょ》もあるのだが、七月三十一日の堺大魚夜市のほうが馴染みがあると感じる人も多いかもしれない。

「堺ってあんまり魚の町って感じもしないけど」

ビヨーンの突っ込みに、それも仕方がないと凪は返した。

「高度経済成長のときにずいぶん海が汚れて漁業が廃れてしまったという経緯があるし。まぁ、そもそも第二次世界大戦の大空襲で町がだいぶ焼けてしまったから、昔とはずいぶん変わってしまったって言う人も多いくらいや」

凪はロールを大きく切って頬張る。

「あの千利休も魚問屋だったそうですよ。あと歌人の与謝野晶子《よさのあきこ》も堺の鯛の大きさが普通だと思っていたらしく、東京の鯛は小さいと文句を言ったくらいです」

「へぇ……」

ビヨーンは今とは姿の違う堺の様子が想像できないようだ。だが、目の前にあるけし餅のように、昔から綿々と伝わってきたものには、その息吹を感じる。

「では話を元に戻しますが、頼みの件です」

「聞きたないねんけど」

耳を塞ぐそぶりを見せる凪にかまわず、鋼太郎は話を続けた。

「凪に包丁を研いでほしいんですよ」

ただ研ぐだけならそんなに問題はない。しかし鋼太郎が頼んできたのは、普通の包丁ではないのだ。

「庖丁式《ほうちょうしき》で使うものを、研いでほしいんですよ」

凪の顔は一気に曇った。

「嫌や」

先ほどはふざけた声音で断っていた凪だが、今度の声はひどく冷え切っていた。

そんな凪の言葉も鋼太郎にはどこ吹く風だ。

「そう言われると思っていましたよ。でも、お願いいたします」

「もしあんたが舞台で使うのなら、なおさら断る。ほかにだっていくらでもおるやろう、研いでくれる人が」

鋼太郎が深く頭を下げているのに、凪はすげなく断る。

堺大漁夜市では夜のセリに先立って、神事《しんじ》や住吉踊りなどの披露がある。庖丁式もその一環で披露される。

堺の料理人によって披露されていたのは、四條《しじょう》流の庖丁式だった。

四條流の庖丁式は、手を使わず、箸と包丁で魚を捌く食礼の儀式だ。平安時代、光孝《こうこう》天皇の命によって、庖丁名人と名高い四條中納言藤原山蔭卿《しじょうちゅうなごんふじわらのやまかげきょう》が定めたと言われている。

神への供物、いわゆる神饌《しんせん》を供えるための庖丁式も存在しており、それらが伝承されているものに、滋賀県の下新川《しもにいかわ》神社の「すし切り祭り」、広島県の久井稲生《くいいなり》神社の「場の魚」などがある。

だが、数年前堺で料亭を営んでいた料理人が亡くなってからは、誰も披露する腕を持たないまま、ずっと行われていなかった。

有志により復活したいという声が上がる中、白羽の矢が立ったのは鋼太郎だった。堺にも馴染みがあり、包丁にも造詣が深く、四條派の庖丁式を学んでいたからだ。また鋼太郎は、顔の造作もいいし背も高いことから、舞台映えするだろうと思われたのも、事実だった。

鋼太郎は持ってきた風呂敷包みの結び目をゆるめる。中にはゆるく新聞紙で包まれた、研がれる前の包丁の生地が三本あった。

「磯山さんが用意してくれた、水本焼の包丁です。これを神事で使ってほしいとおっしゃってました」

「これが水本焼！」

ビヨーンは前のめりに生地を見つめる。初めて見る包丁に鼻息荒く、目をらんらんと輝かせている。対照的に凪の顔はますます曇り、土気色《つちけ》にさえ変わっていった。

「凪、すごい！　チャンスだね！」

ビヨーンが凪の肩を叩く。普段の凪なら払いのけるくらいの勢いを見せるはずだが、背中は丸まったままだった。

「…………無理や、できへん」

蚊の鳴くようなか細い声で言う。

なぜ包丁が三本用意されているのか、凪にはその意味がよくわかっていた。

水本焼は、極限まで鋼を鍛えているから、切れ味は抜群だ。切れ止みにくく、研ぐ回数も少なくて済む。しかし、その性質からしてつくるのがひどく難しい逸品だ。

同時にそれを研ぐのも並たいていのことではない。難点は、その扱いにくさで、すぐに割れてしまうのだ。温度差に弱く、暑いところから寒いところへ、急に場所を移動したりすると、なにもしないのに割れてしまうこともある。なかなか管理が難しかったりする。

「ごめん、帰るわ」

踵を返そうとした凪の背中に、鋼太郎は静かに言った。

「……このために磯山さんが準備してくださったんですよ、凪」

さすが商売人。去り際に言う台詞がずるい、と凪は思った。そんなことを言われてしまったら、断りづらくなる。

そのためらいを鋼太郎が見逃すはずもなく、凪の手に包丁の入った風呂敷包みを押しつけた。

「ひとまず、包丁をしばらく預かっていてください」

「………」

凪はなにも答えず包丁の包みを抱え、逃げるように店を出て行った。

「鋼太郎、凪の様子がおかしかったけど……？」

ビヨーンは不安になり、鋼太郎に尋ねた。

「凪のいつもの癇癪《かんしゃく》ですよ」

鋼太郎はなんでもない風に言った。そうではないだろう、とビヨーンは思ったが、鋼太郎の本心は、つい最近付き合いはじめたばかりのビヨーンには計り知れない。鋼太郎は柔らかく微笑むばかりだった。


作業場へ戻った凪は、預けられた包丁を前にして項を垂れた。

脳裏をよぎるのは、あの頃の記憶ばかりだ。凪の眉間は深い皺を刻む。

祖父と父が一緒にいた頃、ふたりの間には喧嘩が絶えなかったが、仕事や研ぎについての議論だと凪は子どもながらに思っていた。喧嘩するほど仲がいいという言葉もあるから、喧嘩は、祖父と父が高落刃物製作所を盛り立てていくために、必要なものだと信じていた。

だから、父が突然出て行くと荷物をまとめたとき、凪は縋るものを探した。なにかふたりを繋ぎ止めるものを見つけようとした。それが水本焼の包丁だった。

もし、自分が難易度の高い水本焼の包丁を研ぐことができたら、自分は跡取りとして認められ、祖父と父が喧嘩することもなくなるのではないか、と凪はなぜか思ったのだ。だから凪は研ごうとした。が、どれもことごとく割れてしまった。鋼太郎はあの言葉を残し、それを機に会わなくなったのだ。

祖父の入院以来、鋼太郎がこの家へ顔を出すようになったのは、まったくの想定外だった。

袖廊下の端に並んでいる金魚鉢を見つめながら、凪は大きなため息を漏らした。

「……朝が早すぎる」

鋼太郎から水本焼包丁の生地を受け取ってから三日後。凪は夜明け前の町を車で走っていた。

眠い目をこすりながら、車窓に頭を押しつける。

時刻は、午前三時。朝というより、まだ夜というべき時間だった。普段の凪ならまだ寝ている頃だが、鋼太郎に叩き起こされる形で車に乗せられたのだ。

「ほら、凪、あたたかいお茶とおにぎり」

助手席でおにぎりを食べていたビヨーンが、凪にも差し出す。

「おにぎり、ちっちゃい」

両手じゃないと持てないぐらいの大きいものが凪の好みだ。おにぎりの醍醐味は、かぶりついてこそ味わえる。それが凪の持論だった。

文句を言いつつ食べる凪に、鋼太郎は苦笑する。

おにぎりの具は、ぴりっと辛いちりめん山椒だった。

さわやかな辛さがあとを引く。きっと高級なお店のものなのだろう。米もどこかのブランド米に違いない。ものすごくおいしくて、これに慣れてしまったら、普段食べるお米では物足りなくなりそうだ、と凪は警戒する。お茶も凪がいつも飲んでいるものとは違う味がした。

「あ、ちりめんは僕が炊きましたよ」

前言撤回。鋼太郎の腕が高級だったのだ。

「で、どこに行くん？」

「魚市場」

「ふたりで行ったらええやん」

そんなことのためにこんなに早く叩き起こされたのでは、凪はたまったものではない。

「もっと早くからでもよかったんですよ？」

たかが魚市場の行列に並ぶための徹夜は、さすがに勘弁してほしい。

「どっちがいいですか、お寿司、それとも天ぷら？」

行かないという選択肢は存在しないらしい。

どちらとも夜に開店し、朝に店じまいをするところだ。

凪は行ったことがないけれど、長蛇の列ができると地元でも名を馳せている。

「天ぷらがいい」

そして寝ぼけまなこのまま凪は、鋼太郎たちと天ぷら屋に向かったが、実際に長蛇の列を目にすることになる。

「めっちゃ並んでるやん」

「有名なお店ですからね。よかったら、凪はビヨーンと一緒に魚市場を見て回ってきたらどうですか。列には私が並んでいますから」

ビヨーンは日本に来て初めて魚市場を訪れたというので、興味深げにあたりを見回している。列に並ぶのは鋼太郎に任せることにして、凪はビヨーンと一緒に回ることにした。

市場は一般の人でも買い物ができるので、人の活気に溢れていた。人にぶつからないようにと注意して歩きながら、つい凪の目は市場の人が使う包丁に釘付けになる。

取り扱っている魚の種類によって、使用する包丁の種類が異なる。出刃包丁、小出刃、柳刃包丁、蛸引き包丁、うなぎ裂きとさまざまな包丁がさまざまな使われ方をしている。

いずれにせよどんな包丁にも共通しているのは、毎日たくさんの魚を捌いているということだ。

そのため魚市場では、一般の家庭用のものとは違い、切れ味が持続する包丁が必要となる。

だから、高価な水本焼や油本焼の包丁を使っている人もちらほら見かける。だが、ほとんどは安価な霞の出刃包丁を使いまわしている。

出刃包丁は、魚を捌くための包丁だ。魚の骨を断ち落とすための十分な重みと厚み、そして身と骨を切り離すために鎬《しのぎ》の部分まで大きく角度のついた刃を備えている。

「包丁を何本も用意しておいて、切れにくくなったら、替えの包丁に替えるんよ」

仕事中に切れにくくなったからと言って、悠長に研いでいる暇はない。戦場で戦っている最中に刀を研ぐ武士がいないのと一緒だ。

また包丁は研いですぐに使えるわけではない。しばらく寝かせておかなければいけないから、包丁は一日の終わりに研ぐのだ。

「ちなみに出刃包丁の名前の由来、知っとる？　つくった鍛冶師が出っ歯やから、出刃という名前になったんよ」

凪は歯をむき出しにして指差しながら言った。

「堺でつくられはじめた一本と言われてるんよ」

与謝野晶子が愛した堺の鯛は、かつて土地の名産だった。それらを捌くために職人たちが知恵を絞り、つくり上げたその一本は、歴史に名を刻んだ。

その形は変わることなく、現在に至るまでつくられ続けられている。


ひととおり市場を見終わって、凪たちは鋼太郎が並ぶ列に戻った。

「鋼太郎、鋼太郎」

「こちらですよ」

鋼太郎が大きく手を振る。

列はだいぶ進み、鋼太郎の前にあともう二、三組というところだった。ふたりは列に滑り込む。

「お腹すいたー」

「もうすぐですよ」

凪たちは狭い店内の壁側の席についた。

壁一面に手書きのメニューが貼られ、墨で書かれた太い文字が並んでいる。

瓜はメニューを見上げながら、唸る。

「……紅生姜の天ぷらも食べたい！」

「いや、紅生姜はどこでも食べられるでしょう。ここでなくても……」

「スーパーでも買えるのは買えるけど、熱々の食べたいやん。穴子も食べたいんやけど、明太子に太刀魚《たちうお》も食べたいし……」

おにぎりを食べたせいで余計に空腹を感じた瓜は、食欲にまかせて食べたいものを決めていく。ビヨーンは難しい漢字が読めなくて顔を顰めている。

「鋼太郎ー、あれなんて読むの？　右から三番目の」

ビヨーンが指差すものを鋼太郎はひとつひとつ説明していくが、いかんせん、種類も多いし、ビヨーンの知らない魚も多くて難儀していた。

結局三人は、あさりの味噌汁とご飯をそれぞれに頼んで、天ぷらの盛り合わせ十五品目を分け合い、その他は自由に追加する形で折り合った。

「そういえば、穴子ってどんな魚なんですか？」

鋼太郎は、穴子についてビヨーンにわかるように解説した。

「うーん、そういうウニョウニョした魚は食べないかな」

ビヨーンの母国で主に食べられているのは、ニシンや鮭らしい。

「そういえば、凪は知っていますか？　スウェーデンでは、いかとたこが同じ単語で呼ばれているらしいですよ」

「ちょっと待ってや、それならたこ焼きの具材がいかになっているかもしれないん？」

「まぁ、日本語訳を間違えたらあるかも」

「それは大事やで。たこ焼きの存在意義が問われることになる」

そこまでたいしたことなのかな、と鋼太郎は内心思ったが、それ以上は突っ込まなかった。

「ビヨーン、穴子はあれですよ、あれ」

鋼太郎は店の外に陳列されている魚を指差す。

「あ、鱧っぽい！　それに、この前鋼太郎がおごってくれた鰻にもちょっと似ているかも！」

ビヨーンは、先日鋼太郎が捌いていた鱧を思い出しながら言った。色や形は違うけれど、どれも細長くにゅるにゅるとした魚であることに変わりはない。

「え、鰻、おごってもらったん？」

じろっと凪は鋼太郎を睨む。少し気まずそうに鋼太郎は横を向く。

「まぁ、凪にはまた今度おごってあげるから」

ふたりの気まずい雰囲気を慮《おもんばか》ってか、ビヨーンは話題を変える。

「あ、そういえば、前から思っていたんだけど、鱧も鰻も穴子もお刺身では見たことないけど、生では食べないの？　日本人ってなんでもお刺身にするでしょう？」

ビヨーンの指摘に、凪はあらためて不思議に思った。

「たしかに言われてみれば。なんでなんやろう？」

それらのお刺身があってもおかしくないのだ。なのに、鰻の蒲焼きや鱧の湯引き、穴子の棒鮨と熱を通したものしか見たことがないのはなぜだろう。

「血に毒があるんですよ」

鰻や鱧、穴子といったウナギ目の魚類には、血に毒があるのだという。そのために目や口、傷口に血が入ると化膿したり、炎症を起こしてしまうのだ。

「加熱すれば大丈夫なんですよ。六十度で五分以上の加熱調理をすれば、問題はありません」

ちなみに、と鋼太郎は付け加える。

「鰻のお刺身も存在はするんですよ。ただし血をきれいに抜かないと食べられないので、かなり手間がかかるんです」

つまり、加熱調理をしたほうが合理的だ、という話だ。

「河豚《ふぐ》も食べるんでしょう、あれも毒あるし。けっこうクレイジーじゃない、日本人」

「熊、それはこれを食ってから、もう一回言ってもらおうか」

揚げたての天ぷらがテーブルに置かれた。大皿の上の懐紙いっぱいに広げられた盛り合わせは、十五品もある。

太刀魚、明太子、オクラ、チーズちくわ、じゃがいも、鶏肉、鮪、帆立、鱚《きす》、蟹、舞茸、ウィンナー、うずら、がっちょ、鱧。

それだけでも十分なのに、凪は穴子とかぼちゃ、紅生姜を単品で追加する。

「うまさの前にはみんなクレイジーになるで。今度河豚は鋼太郎におごってもらったらええわ」

さも当たり前のように鋼太郎がおごる流れになっていた。鋼太郎は苦く笑うばかりで、否定はしない。

「いただきますしましょうか」

嚙むと、サクッと音がする。からりと揚がった衣のなかから、火が通ってやわらかくなった具材が顔を出す。うまみがぐっと閉じ込められているから、それを白米でかきこむのもまたおいしくて、箸が止まらなくなる。

水分が乏しくなったら、ついてきたあさりのお吸いものを口に含む。

磯の香りがいっぱいに広がり、口の中がリセットされる。なので、またつい天ぷらに手を伸ばしたくなる。

朝の冷えた体がだんだんと熱くなっていき、冷たいお茶を流しこんだ。

お腹いっぱいになったし、見学も終えたので、そろそろ帰ろうということになった。

鋼太郎が、あらかじめ生の穴子を取り置きしてもらっていると言うので、ビヨーンと凪はその店についていくことにした。

朝が早かった上に満腹になっていたこともあり、凪は歩きながらついうとうとしてしまっていた。

ふいに誰かにぶつかられたような衝撃があり、凪はよろけて鋼太郎にしがみつく。

「ごめんなさい」

少年はぺこりと頭を下げ、すぐに凪のほうを振り返らずに走っていく。

「おまえっ……！」

どうやらとても急いでいるようだった。

しかし間もなく一行は、魚屋の前でさっき凪にぶつかった少年に出会う。

「すみません、穴子を売ってくれへん？　生きたままの！」

「悪いなぁ、坊主。うちは開いたのしか売ってへんわ。それでええんやったら、どうや？」

「いや、捌いてないまんまの穴子やないと意味ないんや」

「なにに使うんや？」

「自由研究に！」

「そうやったら、また今度来ぃな」

「今度やったらあかんのや！　どこか売ってるとこ知らへん？」

「もうだいたいは売り切ったんちゃう？　どこの店でももうあとは開いているやろうし」

店主の答えに、少年はがっくりと肩を落とす。

「おおきにな、おっちゃん」

譲ってもらえなかった少年は悔しそうな顔をして、走り去っていった。

どうやら彼は生きた穴子がほしいらしく、いろいろな店に声をかけているようだった。

「変わった子ですね」

鋼太郎は〆てもらった穴子を受け取りながら、言う。

「さて、今日は穴子でなににしましょうか」

「穴子の棒鮨が食べたい！」

弾んだ凪の声が耳に入ったのか、その少年がこちらを振り返った。角を曲がったところで、鋼太郎はその少年に声をかけられた。

「あのすみません、その穴子を譲ってもらえませんか？」

「え、それは無理や。棒鮨にしてもらわんとあかんから」

鋼太郎ではなく、凪が即座に返答する。

「どうしてもその開いてない穴子が必要なんです！　お願いします！」

「また別の日に来ればええやん」

「だめなんです！」

必死に食い下がる少年に、鋼太郎は訳を尋ねた。

「自由研究に穴子って珍しいですね」

夏休みが始まったばかりだ。早速宿題をすませようとする姿勢に関心しつつ、自由研究に穴子の解剖とはまた変わったことをするな、と鋼太郎はぼんやり思った。

「それに生きたままだと、少し危ないと思うよ。加熱すれば大丈夫だけど、血には毒があるし」

ビヨーンは覚えたばかりの知識を披露して、小さなドヤ顔を見せる。諭そうとした少年の頃はぴくりと強張《こわば》る。

「……なぁ、穴子の血を使って、なにかしたいんか？　誰かを傷つけたいんか？」

凪の憶測は、どうやら図星だったらしい。少年の顔はますます青ざめ、逃げ出そうと踵を返した。だが、凪はその前に少年の手を摑んでいた。

「ここの市場の人はおいしく安全に食べてもらえるよう、適切に魚を扱っているねんで。あんたがしょうもないことするんやったら、許されへん。ここの人たちの仕事に迷惑をかけるわけにはいかへん」

「そんなこと知らんわ！」

目に涙を溜めて少年は、声を張り上げる。

「なら俺は、どないしたらええねん！　あいつらは俺をいじめてくる！　復讐してなにが悪いねん！」

心の底に沈殿した行き場のない感情が、一気に噴き出した。

少年の誇りは穢《けが》されている。穢された誇りを取り戻すために、毒を毒で制してもいいじゃないかという主張を理解できないわけではなかった。

少年は復讐のために毒を探した。子どもが手に入れられるものなんて、たかが知れている。

たまたまテレビで、鰻のお刺身には毒があるという情報を耳にしたことをきっかけに、同じように毒を持つ穴子にたどり着いたらしい。

「――私も人を殺したいほど憎いと思ったことがある。だからあんたの気持ちはなんとなく想像できる」

密閉していた自分の心の裡に潜む憎悪が、頭をもたげるのがわかった。

努めて平静を装って凪は言葉を口にする。

「だから、方法を間違ってはいけないと思うんや」

「方法？」

「自分を粗末にするような復讐はあかん。あんたが加害者になったら、あんたの未来が閉ざされる。それはあんたのためにならへん」

「なら、なにもせんまま黙っておけと言うんか！」

「ちゃう」

凪は静かな声音で否定する。

「口をつむがんでええ。辛いとか、いじめられているとか、口にしてええねん。あんたは誰かに自分がいじめられていることを言ったか？」

少年は唇を強く噛んで、首をゆるゆると振る。

「いじめられているってこと言うの、なんか嫌よな。悲しいとか辛いとか、よう言わへんときってあるもんな」

凪はかつて研ごうとして割ってしまった水本焼包丁のことを思い出す。誰にも相談できなくて、なんとかしたいという強い気持ちのままに研いで、大切なものを割ってしまった。

研ぐ前に誰かに気持ちを打ち明けることができれば、なにかが変わったかもしれない。

それは淡い妄想に過ぎないし、起きてしまったことはもうどうにもならない。

だが少年はまだ納得していないのだろう、顔を上げないままだ。

「……穴子が食べられへんようになるのは困るわ」

そう言うやいなや凪は市場へ戻っていく。そして、またすぐに凪は少年にプラスチックの器を手渡した。

「お腹がすいているんやから、そんなことを考えるんや」

凪は少年にプラスチックの器を手渡した。

「穴子はおいしく食べるもんなんや」

それはあたたかな湯気の立ち上る、穴子のお茶漬けだった。

ほうじ茶と穴子を煮付けた醤油の香ばしい匂いが薫り、少年はおそるおそる口をつける。

穴子の身はあっさりとしながらもふわふわと柔らかかった。時折山椒の佃煮がぴりりと辛くて、少年は顔を顰める。だが、お茶にのせられたのか、少年はするすると食べていった。

まるで悪いものが押し出されるように、少年の瞼から透明な涙が溢れてくる。ぼろぼろと落ちる涙を、三人はただ静かに見守っていた。

やがて、少年は最後の一滴まで余すことなく食べきって、大きな息をひとつついた。

いつの間にか空の端がすっかり明るくなり、海の端が眩しくきらめくようになった。まだ青さのない白んだ空を見上げれば、雲ひとつない。今日もまた暑い一日になるのだろう、と感じさせるような空だった。

食べ終わった少年を見送ったあと、三人はようやく帰途につくことにした。

少年は共働きの両親が出張で留守なのを狙って、早朝の市場へやってきたらしい。普段から家でも学校でもひとりで過ごしており、常に忙しく働く両親に、少年はどうしてもいじめのことを打ち明けられなかったのだ。

自分がふがいないせいで、両親に心配をかけるのを心苦しく思ったからだ。もし話をして、両親の仕事に支障が出たら、と考えるとどうしても口にできなかった。

穴子を手に入れる機会がこの日しかないのなら必死になるな、と凪はぼんやり思った。

鋼太郎は車を回してくると言い、駐車場に行ってしまったので、凪はビヨーンとふたりで待っていた。

「あの子にとって、ここだと思える場所ができればいいね」

凪はビヨーンの言っていることがわからなかった。

「あんなことを考えるって、学校や家のほかに居場所がないからだよ。そこで呼吸できないのなら、できそうな場所を探すしかないんだけどね」

白みつつある空を見上げながら、ビヨーンは故郷の家族のことを口にした。

「僕の両親も忙しい人でね、ろくに家にはいなかったよ。学校でもそれなりにやっていたつもりだけど、ずっと息苦しかった。だからね、放課後に祖父の工房へ通っていた。なぜか不思議とね、そこでは呼吸ができたんだ」

懐かしそうに目を細めるビヨーンには、悲しみの名残りなどなかった。

「……あんた、ホームシック？」

凪の問いに、ビヨーンは首を振る。

「いや、そういうことじゃないよ。それに今の僕にとってこの町は、ここしかないと思える場所だから大丈夫」

「ほんま変なやつやな。堺なんて知名度の低い町に来るくらいやし。普通、京都とか東京とかそっちに行くやん」

凪にしては何気ないひと言のつもりだった。

「ああ、それにはきっかけがあって。高校を卒業したときの話になるんだけど、ニューヨークに行ったんだよ」

スウェーデンの高校の卒業式は六月に執り行われるそうだ。大学の新学期が始まる九月までの約三ヵ月、ビヨーンは世界中を旅をしていたのだという。

旅の終わりごろ、ビヨーンはアメリカへ渡った。そして、ニューヨークの街角にある小さな店でひとりの日本人男性に出会ったのだ。

前もその話を聞いたなと思いつつも、凪は黙ってビヨーンの話に耳を傾けていた。

「堺の刃物は日本、いや、世界一やって言われて」

「へぇ」

まるで凪の父のようなことを言うやつだな、と凪は思った。

「その人があんまりにも包丁のことを楽しく話すしね、なによりそこには今まで見たこともないような美しい包丁ばかり飾られていたから、もうこうなったら絶対に堺に行かなくちゃって思ったんだよ」

こういう瞬間、凪はビヨーンのことをとても不思議に感じてしまう。

凪は生家が包丁に携わる仕事をしていたから、そのままの流れで研ぎの仕事をしている。

でも時たま、こうやって選ばれる人がいるのだ。

ビヨーンのように包丁を見ただけで、まるで運命のように感じてしまう人がどうして
いるのだろう。

選ばれてしまった人なんだな、と凪はビヨーンを自分とはまるで違う存在のように感
じてしまう。鋼太郎と同じように選ばれた人なんだな、と。

平静を装って、凪は会話を続ける。

「へぇ、それってどんな店なんや？」

「月注のニューヨーク支店で、サダユキっていう人だった」

その名前を聞いたとき、凪の表情が凍りついた。

「……ひとりで帰る」

凪は踵を返し、歩き出した。

「え、凪。鋼太郎がもう車を回して来ているよ！」

ちょうどそのとき、一台の車が近づいてきて、鋼太郎が窓を開けて「お待たせ」と声をかけてきた。

「凪、どうかしたんですか？」

穏やかな声音に、凪はなおのこと、苛立った。

「お前が！　お前が数年振りに私の前に現れた理由は、こいつと私を引き合わせるためか！　可哀想なクソ親父を許させるためにこいつを連れてきたのか！」

答えない鋼太郎にますます怒りを募らせた凪は、タイヤを強く蹴った。

「お前の顔なんて二度と見たくない」

凪は鋼太郎の答えを待たずに走り去った。

「……なんで凪は怒ったの？」

凪の怒りの理由がわからなくて呆然としているビヨーンに、鋼太郎はとりあえず車に乗ってと声をかける。

車が走り出してしばらくしてから、鋼太郎は口を開いた。

「貞行さんは、凪の父親なんですよ」

高落家には跡取りがおらず、凪の母の春子が結婚する際、貞行に婿養子として家に入ってもらった。

しかし師匠である玄一とそりが合わず、とうとう貞行は出て行ってしまったのだ。

「刃物の知識と研ぎの技術があるから、うちで働いてもらうことになったんだ」

月注は兼ねてからニューヨークへの出店を計画しており、その責任者として貞行を迎え入れた。


凪は、乗客の少ない電車にひとり揺られていた。

湧き上がる怒りをどうすることもできないままに、何度も奥歯を噛みしめる。

（ニューヨークってなんだよ）

小学生の頃、家を出て行ってから、凪は一度も父に会っていない。

婿養子として高落家へ入った父は、元々祖父との折り合いが悪かった。

研ぎもろくにできへんくせに、と祖父は父を叱っていたものだ。

でも父は、研ぎだけでは、ただ包丁をつくっているだけでは不十分だ。もっと包丁のことを、使う人に知ってもらう努力を職人たち側もする必要があると訴えた。

凪は、祖父と同じ意見だった。職人たちは研ぎに集中して、宣伝やほかのことは考えるべきではないと思っている。

意見がぶつかりながらも、母が築いた奇妙なバランスで高落家はなんとか続いていた。

そんな環境で、凪は育った。

祖父は今度こそは男を、と孫に期待したようだが、姉とふたり両方ともに女の子が生まれた。

凪が作業場に顔を出し、「これなぁに？」と尋ねると、祖父は「女の子はそんなもん覚えんでもええ」と凪を遠ざけた。

凪はそれがとても嫌だった。女の子であることが、まるで残念かのような言い草に、いつも自分を否定された気持ちにされた。

それでも凪は祖父のことが好きだったし、祖父が研ぎあげた包丁が好きだった。いつかあんな風に研げるようになりたい、とずっと思っていた。

凪が包丁の研ぎ方を教えてもらうことができたのは、八歳の頃。鋼太郎が京都の中学から堺の高校へ進学したのがきっかけだった。

高校生の間、鋼太郎は今はビヨーンの師匠である磯山さんのもとで修業をしていた。研ぎの勉強もできるようにと取り計らってくれた磯山さんが、凪の祖父である玄一を紹介したのだ。

初心者の鋼太郎にくっついていれば研ぎを教えてもらえると気づいた凪は、いつも彼のあとをついて回った。鋼太郎を前に、祖父はいろいろなことを話した。

今にして思えば、なぜ祖父は凪を邪魔だと追い払わなかったのか、少し不思議だ。

凪は鋼太郎を通して「跡取り」とはどういうものなのかをはっきり理解できたような気がする。

高落刃物製作所の跡を継ぎたい、と凪は思うようになった。

自分が男ではなく女に生まれてしまったことが問題なら、跡取りになればいい。

だが、祖父と父はますます仲違いをするようになり、ある日とうとう父が出て行くと言って荷物をまとめ始めた。

そのとき、凪は愚かなことを考えたのだ。

研ぐのが難しい本焼包丁を研げば、自分は跡取りとして認めてもらえる、ふたりが喧嘩をせずにすむかもしれない、と子どもじみた考えを抱いたのだ。

所詮は子どもの考えることで、自分に価値があると信じているがゆえの行動だった。

納品する予定のものを一本くすねて、凪は円砥の前に立った。

だが研ぐ途中で、それは呆気なくぱきりと割れてしまったのだ。

失敗してしまったこと自体も辛かった。しかし、もっと凪の心を傷つけたのは、きれいに割れてしまった包丁が、まるで祖父と父の間の亀裂のように見えてしまったことだ。

凪は悲しくて涙をこぼした。

作業場で泣いている凪を見て、いつもぶっきらぼうな祖父が優しい声音で「女の子はそんなことをせんでええねんで」と皺だらけの手で凪の頭を撫でた。

母の春子にはひどく叱られたが、幸い予備の生地があったので納品には問題なかった。

その日、鋼太郎は泣きじゃくる凪をひどく冷えた目で見下ろしていた。

そして、凪に尋ねたのだ。

「なんで跡取りになろうと思うんです。自分の生きたいように生きられるのに、わざわざなる必要はありますか」

跡取りにならなかったら、高落刃物製作所は守れない。そんなことはわかっているはずなのに、鋼太郎はこう言ったのだ。

「潰れるときは潰れるんですよ、凪」

柔和な笑顔のまま、鋼太郎は残酷な言葉を続けた。

「淘汰されるんです。時に選別されるんです。ただそれだけの話じゃないですか。いったいどれほどの意味があるんでしょうか、この仕事に。せっかく自由な身なんだから、自分から縛られる必要はないでしょう。自分勝手に命を使い果たしたらいいじゃないですか」

凪が幼心に信じていた優しい鋼太郎の姿は、偽物だったのだ。

それから凪は鋼太郎の笑顔が嫌いになった。

鋼太郎はこの言葉を口にした日から、凪の前に顔を出さなくなった。そして七年の月日を経て、なぜかまた顔を出すようになった。ビヨーンにも引き合わせた。

鋼太郎は毒のような人だな、とあらためて凪は思った。

第七話

金魚と夏祭りと水本焼包丁

大事な話があるからと祖父の玄一に呼び出された凪は、再び病院へお見舞いに行った。

病室の引き戸を開けると、玄一はしゃんと背筋を伸ばして体を起こしている。

凪の顔を見るなり、「座り」と穏やかな声でベッド脇の椅子を勧めた。

ああ、またこの声だ。

あの頃の記憶が蘇るようで凪は嫌になる。凪は祖父の慰撫するような声が嫌いだった。

そんなことせんでええ、と言われたときと同じ声量だからだ。

「わしも体はもうようないし、跡取りもいない。だから廃業することに決めたわ。ありがたいことに、堺にはたくさんの職人がおる。高落刃物製作所がなくても、堺の包丁づくりは今までと変わらず続いていくやろう」

いつかこの日が来ると、ずっと覚悟してきたことだ。

「退院したら閉める支度をする」

父がいなくなってから祖父のそばでずっと凪がしてきたことは、なんの意味もなかったのだ。

「お前も今からでも遅くない。大学へ行くなり、ほかの仕事を探し」

私が女だからそういうことを言うのか、と凪は尋ねたかった。

でも口から漏れるのは吐息だけで、凪は祖父になにも言えずにいた。

「……またよう考えておき」

慰撫するような声音が耳の奥に残り、不快感に凪は自分を見失った。

凪はその後どうやって帰ったのか、よく覚えていない。

のろのろと家へ帰ると、母屋には明かりがついていなかった。今日は鋼太郎は来ていないらしい。真っ暗な部屋の中、凪は手探りで袖廊下のほうへ、重い足取りのまま向かった。

ガラス窓の向こう、夜空にはまんまるな月がぽっかり浮かんでいる。その月に照らされて、袖廊下は明かりをつけずとも見えるほどの明るさだった。

ふたつの金魚鉢に、二匹の金魚。

凪は、その横に新聞紙に包んで置いてあった水本焼包丁を手に取った。月明かりに照らされた黒い錆は、鈍く反射しながら、凪の手にあった。

胸の裡に湧き上がる思いにのたうちまわりながらも、凪はなんとか考えをまとめようと必死にあがいていた。

玄一が言うことはもっともだ。続けていく気がないなら、廃業するに越したことはない。堺にはたくさんの職人がいる。全国各地から若手が修業しに来てくれるし、なにも高落刃物製作所に固執する必要はない。高落刃物製作所の代わりはいろいろあるし、凪の代わりなんていくらだっているのだ。

それに包丁研ぎの仕事そのものに固執する必要もない。

打ち抜きの包丁やセラミック包丁、安価で取り扱いやすい包丁はいくらでもある。こんな面倒なことをしなくてもいいじゃないか。そんな気持ちすら湧き上がってくる。

そもそもこんなものがあるから、父と祖父の間には喧嘩が絶えず、結局父は家を出て行くことになった。たかが包丁のような道具のために。

包丁はつくるだけでいいと言う祖父に、それだけでは足りないと主張した父。使ってくれる人へ包丁のことをもっと伝えなければいけない、と父は繰り返した。

堺の包丁のよさを知ってもらわなければ、いつか途絶えてしまう。使う人がいて、つくる人がいて、たがいに声を交わし続けなければ、包丁の文化は途絶えてしまう。

だけど、それがどうした。所詮包丁は道具だ。

たかが包丁だ。

そんなことを口のなかで何度も転がすと、いつしか包丁そのものがないほうがいいんじゃないかという想いが凪を突き動かした。

気がつくと凪は作業場へ走り、木槌を手に取っていた。

——壊れてしまえばいい。

ひと振りに力任せに振り下ろせば、割れる。終わらせることができる。

凪が木槌を振ろうと高く持ち上げた瞬間、

「凪」

自分を呼ぶ声に凪の手が止まる。

作業場の入り口にはビヨーンが立っていた。悲しげな青い瞳に、凪は苛立った。

「熊、私はあんたの顔を見たないねんけど。それに勝手に家へ上がるなって何回言うたらわかるんや」

「話を聞いてほしくて！」

ビヨーンは必死の形相で、凪の前に立つ。

「聞きたぁない。早よ帰り」

怒りを載せた言葉にも、ビヨーンは怯むことはない。槌を持つ凪の手を優しく取って、包丁の生地から遠ざけた。

大きくて熱を持つ手に触れられた瞬間、凪のハリネズミのように尖った気持ちが少しだけ落ち着くのと同時に「いいなぁ」となんとなく思った。

大きくて、なんでも摑める男の手。

男だから認めてもらえるんだろうな、ほかの道を探せなんて言われないんだろうな、と次から次へと羨望や妬みが湧き上がってきて凪は悲しくなる。

「大事なものを壊そうとしないで。これは師匠が、鋼太郎が、凪に託したものなんだから」

「そんなん、知らんわ。私はあんたの師匠の磯山さんや鋼太郎やない。あんたに私の気持ちなんてわかれへんわ」

水本焼包丁をつくる大変さは、凪も知識としては理解しているつもりだ。

でも相手がそれにどんな思いを託したかは、凪にはわからなかった。人の心を読むことができたら、相手の思いも容易《たやす》く理解できただろう。

今、凪にはっきりわかることは、ビヨーンは師匠の鍛えた包丁を壊させるわけにはいかないと思っていることだけだ。

「どうでもええねん」

もう凪にはなにも摑めはしないのだ。凪は自分の小さな手がずっとずっと嫌いだった。

鋼太郎やビヨーンのようになにかを摑める手ではないからだ。

小さくて、汚い手だ。

凪は衝動的にすべてを壊してしまいたかった。

「包丁なんて、どうでもええねん。一体どれほどの意味があるんや、これに」

深い諦めに満ちた目で、凪は包丁の生地を見つめる。

ビヨーンは激しく首を振り、凪の手を握った。

「意味はある！　だって、サダユキさんがニューヨークにいなかったら、僕は日本の、そして堺の包丁に出会えてなかった。ここにもいなかった」

だからなんだというのだ。凪には関係ない話だ。

父の貞行は家を出た。家庭のことを顧みず、その後連絡ひとつよこさないままだ。授業参観も入学式も卒業式も、なにひとつ家族としてわかち合うことはできなかった。家に金を入れているかどうかも怪しいくらい、ろくでもない父親だった。

「それに凪とサダユキさんは、包丁を通して繋がっていられるじゃないか。家族としてはだめでも。凪が前に言っていたこと覚えてる？　金魚は同じ鉢に入れると喧嘩するって。狭いからだって。それと一緒だよ。包丁のことを思い過ぎているひとがふたり、ここにいるのには、あまりにも窮屈だったんだよ」

ビヨーンは真摯に言葉を紡いだ。

凪は自嘲めいた笑みを浮かべたまま、反論する。

「あんたになにがわかるん？　孫を病院に呼び出してさ、高落刃物製作所を閉めるって、じいさんが言うたのに？　ほかの道探せってさ、今日言われたんよ。それでどうやって繋がっていられるん？」

凪は包丁のことが好きだという一心で、祖父のもとで研ぎの仕事をしてきた。さまざまな人が使った、さまざまな包丁があった。使い込まれた包丁には、その人の人柄や癖がくっきりと残っていて、包丁を研ぐことで見える景色が好きだった。でも、自分には包丁に対して、どこか執着めいた気持ちがあるのも自覚していた。ばらばらな家族を繋ぐ唯一のものとして、縋る先でもあったのだ。

「ほかの道って、どういうこと？」

「研ぎの仕事をやめて、大学へ行けってさ、ほかの仕事を探せってさ」

師匠である祖父に言い渡されたら、それは最終宣告にも近いものだ。今後凪は今までどおり包丁を研ぐことはできなくなる。

「……凪はちゃんと嫌だって伝えたの？」

凪はなにも言ってない。祖父の前では言えなかったのだ。

「伝えないと、言葉で。凪はさっき言ったよね、その人じゃないからわからないって。

それと一緒だよ。人の気持ちなんて口に出さないとわからないって。それと一緒だよ」

せっかくおたがいに日本語が通じるんだしね、とビヨーンはわざとボケる。

「何年ふたりとも日本におるねん。じいさんも私も普通に日本語話せるやろう」

凪は力なく突っ込む。

「あ、そういえば、凪」

「なに？」

「今思い出したけど、言葉のことで前から言おうと思ってたことがあったんだ」

「なんや」

「英語が話せないからって相手を拒絶するのは、だめだよ。二回目に会ったとき、ドアをすごい勢いで閉じたでしょう。ちょっと傷ついた」

「……あれはごめんな」

凪は素直に謝る。いくら英語が苦手だからと言って、相手を拒絶していいわけはない。

「いいよ、凪。凪は僕にたくさん包丁のことを教えてくれたし」

だからね、とビヨーンは大きく笑った。

「凪はなにもできないとか、自分を卑下しないで。凪の指先にはもう力が宿っているんだよ。どこへでもいける、そんな力が詰まっているんだよ」

祖父のもとで覚えた包丁の研ぎ。体で覚え込んでしまったものは、誰にも奪われることはない。その技術を使えば、高落刃物製作所でなくても、堺でなくても、凪はやっていけるとビョーンは言うのか。凪の父、貞行がニューヨークで研ぎをやっているように。

「そんなもの、あれへん」

取るに足らない、未熟な自分は、なにもできない。

「凪は大丈夫だよ。師匠も鋼太郎もだから託しているんだよ、その包丁を」

ビョーンは言うだけ言って満足したのか、俯いたままの凪を置いて、作業場を出た。

風呂敷に包まれたお重を置いて。

残されたお重の蓋を開けると、色鮮やかなおかずが入っていた。お稲荷さん、筑前煮、たまご焼き、鶏ハム、えびマヨ、ウィンナー、鳥の唐揚げ、ブロッコリー、プチトマト。

「どこの運動会の弁当や…」

鋼太郎はずるいやつだ、と凪は思う。

自分ではまっすぐ向き合うことはせずに、いろいろな人を凪のもとへ送ったり、試すようなことをしたり。

鋼太郎が凪に手渡した水本焼包丁の刃も、そうだ。

黒い錆の下にある包丁の刃のように、研がなければ鋼太郎の本心は見えないままだ。研がなければ、刃に向き合わなければ、鋼太郎の本心は見えない。

本心の向こうで、鋼太郎はなにを伝えたいのか、凪は知る必要がある。

どうせ最後だ。今後包丁を研ぐことなんて、もうないだろう。

凪はお重の蓋を閉めた。そして一本の水本焼包丁の生地を手に取り、円砥と向き合う。

ゆっくりと回り出す砥石に、水が走る。飛沫が飛ぶ中、凪は木枠に嵌めた生地を押し当てた。

本当にどうしようもない、自分だけの力ではどうにもできないことばかりだ。なにもかもままならない。

思い起こせば、水本焼包丁を研ぐのは二度目だなと思った。

でも凪は、もうあの頃のように無力じゃない。

何本も、何十本も、何千本も、研いできた。

指先に包丁の生地の感触が染みついて、肩から腕にかけては職人らしい筋肉がしっかりついている。

包丁を研ぐための体はすでにできあがっていた。

初めて研いだときはまだ体も貧弱で、指先も生地の感触を覚えていなかった。いたずらに刃を強く握りしめては、加減もわからず、がむしゃらに研石に当てただけだ。

あらためて本焼包丁に向き合ってみると、あの頃には知るよしもなかった、どんなに微かな包丁の囁きでも、指先が拾い上げるようになっていた。

いける、と思った瞬間、いびつで嫌な音が立った。

まだ拾い上げられないものがあったのか、バキリと真っぷたつに割れてしまった。

凪は気づくと二本目に手を伸ばしていた。

もっと耳を澄まさなければ、と凪は焦りにも似た感情を抱く。だからだろうか、二本目はたやすく折れてしまった。

水本焼の包丁は、一枚の鋼でつくられており、焼きが硬く入っている。おかげで力の逃げ場がなく、割れやすい構造になっているので、力をうまく逃すことが大事だ。

残りは一本だけになってしまった。

「これが最後なんや」

これが割れてしまえば、もう凪は包丁を研ぐことはできない。

手放したくない、と凪は強く思った。思いが足を動かし、凪は下駄のまま駆け出していた。

面会時間を過ぎていたが、看護師の目を盗んで凪は無理やり玄一の病室へ入った。

「じいさん！」

凪の大きな声に、玄一は驚いように大きく目を瞬かせた。どうした、と尋ねられる前に、凪は叫ぶように声を発した。

「潰したいんやったら、さっさと勝手に潰せ！　じいさんの勝手にせい！」

玄一がそう決めたのだ。凪は今さら異を唱える気はない。

「だけどな、その前に持ってるもん、すべて盗ませろ！　それからとっとと逝《い》ね！」

病気の、しかも老い先短い人間に言う台詞ではなかった。

死んでほしくない。ずっと包丁を研いでいる姿を見せてほしい。その姿から包丁の研ぎを覚えるから。

そんなあまったるい言葉を口にすれば、孫らしく祖父を慰撫できただろうか。

それに死んでほしくないというのは、凪の本心でもあった。でも玄一は遅かれ早かれ凪を置いてこの世を去る。

だから、凪はあえて言うのだ。

そうしなければ、瞬間瞬間に消えていくたよりないものを指先で手繰り寄せることはできない。

もしかしたら、そんな風にして人が歩んできた軌跡を手繰り寄せ、撚《よ》りあわせたものを、伝統と呼ぶのかもしれない。

向き合うこと。

その人が重ねた月日と向き合うこと。

今、同じ時間を生きている人と向き合うこと。

今、研いでいるものに向き合うこと。

それらが幾層にも重なり、分厚い地層をつくり上げていく。

凪は研ぎをしながら、包丁や人とずっと向き合っているつもりだった。

でも実際にはなににも誰とも向き合ってはいなかった。

誰にも自分の本当の思いを告げていなかった。

凪はずっと祖父のように美しい包丁を研ぐ人になれるように、と祈っていた。そして、祖父や父たちやほかの職人たちが築いたものをわかち合いたい、と願っていた。

わかち合うためにはなにか資格がいると凪はずっと思っていた。男であることとか、跡取りであるとか、そういう資格が。だから凪の本来の望みと跡取りと呼ばれる立場になることとは違う。男に生まれることができたならば、今よりはもっといろいろな研ぎができたのじゃないか、と思うときもある。それを口惜しく思うこともある。

でも凪は凪だ。性別のように変えることができないものは、諦めるしかない。

本当に欲しいものの前には、正直それもどうでもよかった。

孫の暴言にも似た言葉に、玄一は長く沈黙した。

そして、囁くような声で静かに語り出した。

「……女の子はそんなことを覚えなくてもええと何度も言うたのになぁ」

諦めた口調だった。でもどこまでも軽やかで、あたたかさに満ちていた。

「手は汚れるし、爪に削り滓が入るし、お世辞にもきれいな手ではなくなるのになぁ。そんな手になってもしたいんって言うんか？」

他人に手を見られても、誇れる手でいられるのか。

玄一は凪に問う。女の子らしく、きれいな手をしていたほうがいいのではないか、と。

「老いぼれになったら、きれいも汚いもないやろう。私は私の手を誇れる人でありたいんや」

自分の指先でちゃんと未来を紡いだことを誇りに生きて逝きたい。

「きつい仕事やで」

「今さらなにを言うんや。散々これまで手伝ってきているやん」

孫の頑なな遺志に、玄一は小さなため息をついた。

「危ないって言うとるのに、ちいちゃい頃から作業場に出入りするし。しゃあないからじっとしているやろうと思って彫りを教えたら、カンカンそこらじゅうを彫って回ろうとするし。誰に似たんやろうな、ほんまに」

玄一は目を細めて、凪に笑いかける。

「で、なにが聞きたいんや？」

「水本焼の包丁はどうやったら研ぐことができるん」

「辛抱強く、あまり力むな」

玄一はそう言うだけ言うと、凪へ帰るように促した。もう夜はすっかり更けている。タクシーを使うようにと、いくらかお金を渡してくれた。

家に戻ると凪は急に空腹を覚えたので、鋼太郎の作ったお重を食べた。相変わらずたまご焼きはじゅわじゅわとした出汁の溢れるものだったし、お稲荷さんは甘くてけしの実がぷちぷちと口のなかで弾けたし、どれもおいしかった。

これほどのものをつくるために、鋼太郎は時間を重ねてきた。なら自分はなんのために時間を重ねたいのだろう。

そのとき、答えがすとんと胸の裡に落ちる。

作業場へ向かった凪は再び円砥の前に立った。はやる気持ちを抑えて、玄一の助言どおり、力まず、辛抱強く、慎重に刃を円砥に当てる。

水本焼の包丁は研ぐには硬い。力まずに刃を砥石に当てているせいで、じりじりとしか進まない。でも、確実に黒錆が削れ落ちていく。

やがて露わになった刃のきらめきは、朝のひかりを受けて鈍く光った。

きちんと折ることなく研ぐことができた。

その安堵感に凪はゆっくりと瞼を閉じた。


「凪！　凪っ！」

遠くで自分の名前を呼ぶ声がした。

「うるさいなぁ……」

重たい瞼を開くと、眼前には母の春子がいた。

「お母ちゃん……？」

「あんたが死んでいるかと思って、びっくりしたわ。前から言うとるやろう、ちゃんとお布団で寝ることやって」

春子は凪の口の端にある涎を袖で乱暴に拭った。

「あっ、今何時なん！」

空はずいぶんと明るい。

「二時少しくらい前やけど」

「お母ちゃん、留守頼むわ！　ちょっと出かけてくる」

凪が走り出そうとした瞬間、ぐえっという声が出てしまう。春子が凪のＴシャツを引っ張ったのだ。

「なにをするんや！　喉詰まらせるかと思ったやん」

「あんた、そんな汚《き》ったない格好してどこか行くつもりなんか。お風呂に入りなさいな」

「え、そんな時間はないし」

鋼太郎は以前、庖丁式は三時に始まると言っていた。会場は近く自転車を走らせば十分間に合う距離だが、交通規制がかかっていて自転車は入れないかも知れない。それに人ごみがどれほどか、今の凪にはわからなかった。

「あかんからね、ほら、お風呂に入る」

凪は春子に引っ張られるようにして、浴室に押し込まれた。

渋々凪は入浴するしかない。さっさとすまそうとする凪に、浴室の扉越しに春子は釘を刺す。

「烏の行水はあかんからね」

「……はーい」

凪は仕方がなくお湯をかぶる。黒い削り滓が排水口へ流れていった。思っていたよりずっと自分は汚れていたんだな、とぼんやり思った。

指先もずいぶんと黒くなっていたので、泡だてた石鹸で落としていく。水がやがて透明になるまで、凪は何度も汚れを落とした。

「行ってくるで」

真新しいジーンズとTシャツを身につけた凪は、いつもよりこざっぱりとした格好になった。問題ないと判断されるだろうと靴を履こうとすると、春子は再び「あかん」と腰に手をあてて言う。

「こっちに来ぃ」

連れて行かれた春子の部屋にはクーラーがかかっており、畳にはたとう紙が置かれていた。

「お祭りに行くんやろう、そんな格好では行かされへんわ」

「急いでいるんやけど！」

時計の針はもう二時を二十分も過ぎていた。

だが春子は問答無用とばかりに凪の服を剝いだ。

「なにするねん！」

「黙っとき、急いでいるんやろう」

春子と争うことのほうが時間を食うと判断した凪は、諦めて腕を伸ばす。しゅるしゅると春子は慣れた手つきで凪を着付けていく。

「帯を結ぶからな」

腕を上げるように言われた凪は、言われるがままだ。春子が凪の背後に回る。ぎゅっぎゅっと帯をしめながら、春子は凪に告げた。

「誰もあんたにな、こうせなあかんって望んでへんよ」

冷や水を浴びせかけるような言葉だった。母の慈愛に満ちた、しかし息苦しいほどの優しさ。

「今からでも遅くないんやで。お姉ちゃんみたいに大学に入るなりして、別の道を探すこともできるんや。あんたはまだ十九や。やり直すのには十分すぎるくらい若い」

帯のせいか、母の言葉のせいか、凪はとても息苦しかった。

「ごめんな、行かなあかんねん」

もう凪は決めてしまっていたのだ。

「……そっか。それやったらしゃあないわ」

春子は帯の上からポンと凪の背中を押した。

「おじいちゃん、もうちょっとだけ頑張って仕事をするって」

廃業するという話は延期になったらしい。

「……あんた、会場に包丁を持ち込むんやから、銃刀法違反には気をつけてな」

春子はきれいに新聞紙で包んだ包丁を凪に手渡した。


昨夜玄一に渡されたお金で凪はタクシーを拾った。

堺大魚夜市の開催場所は大浜公園だ。

凪の家から遠くないものの、歩きづらい浴衣姿では大変なのでタクシーを使うことにしたのだ。

快晴の夏空のもと、人びとが会場へ集まっていく。公園から少し離れたところまでしか車は入れないらしく、凪は仕方なく手前でタクシーを降りる。大浜公園は、体育館や猿飼育舎、相撲場などがあり、このあたりで最も大きいレジャー施設として賑わっていた。

慣れない鼻緒に痛みを感じながらも、裾がはだけるのもかまわず、凪は賑わう人ごみの中を駆けていく。

そして息が切れそうになる頃、凪は舞台にたどり着いた。

芝生が広がる舞台前には、すでに大勢の観客が集まっていた。次の演目の庖丁式が始まるのを楽しみに待っているようだった。観客の中には磯山などちらほら見知った顔もあったが、凪には挨拶に行く余裕すらなかった。

舞台裏へ走りこむと、スタッフが凪を止める。

「関係者以外、立ち入り禁止です！」

「うちは関係者や！　包丁を届けに来たんや！　あのあほが包丁持たんままなんやで！」

制止するスタッフの手を振りほどこうとするが、凪は浴衣の動きづらさに阻まれてしまう。

「人をあほ呼ばわりはひどいと思いますけどね、凪」

烏帽子《えぼし》をかぶり直垂《ひたたれ》をまとった鋼太郎が、そこに立っていた。鋼太郎はスタッフに事情を説明すると、凪はあっけなく解放される。

「……なんや相変わらず胡散臭いなぁ」

凪は鋼太郎の衣装を指差しながら、くしゃりと笑う。

「その言い草はひどくないですか」

だが、鋼太郎は怒ることもなく、うれしそうに笑った。凪はそれ以上なにも言わず、紙袋から包丁を手渡した。

「包丁刀ないまんまでもおもろかったんやけどね」

どうせ鋼太郎のことだから予備を準備しているだろうとは思っていたが、あえて口に出す。

「……………ありがとうございます」

鋼太郎は小さく呟いて、凪の頭を撫でた。

相変わらずだ。鋼太郎が凪を子ども扱いするのは昔から変わらないが、今日はあまり嫌だと思わなかった。

舞台へ上がった鋼太郎は、厳かな雰囲気をまとって儀式を始めた。

右手に包丁刀。左手に真魚箸《まなばし》。まな板の上の魚に一度も手を触れることなく、鋼太郎は鯛を捌いていく。無駄のない動きが要求される庖丁式は、自らの修業の成果を披露できる格好の儀式だ。

庖丁式は、平安頃に食礼の儀式として行われるようになったため、中国の五行思想が深く影響している。たとえば鋼太郎が行う四條流庖丁式では、まな板の四隅と中央に五色の紙に包まれた穀物が置かれている。中央にある青赤白黒の四色の紙は、春夏秋冬と東西南北を表し、中央にある黄色い紙は太陽を表す。

この五色は今も日本料理の基本の色とされている。

今日鋼太郎が捌くのは、鯛だ。

庖丁式で使われる食材は、鶴、雁《がん》、雉《きじ》の三鳥、鯉、鯛、真鰹《まながつお》、鱸《すずき》、鰈《かれい》の五魚と言われている。

鯉が最上とされているが、鋼太郎が今日鯛を選んだのは、かつては堺の名産だった鯛にちなんだのだろう。

鋼太郎は雅な動きでひとつひとつの型をこなし、鯛を捌いていく。凪が研いだ包丁は、滑らかな切れ味で骨と身を切り離していった。

夏の光が刃に当たって、強く光を返す。


「お腹すいた」

舞台から降りてきた鋼太郎に、凪は屋台で奢るように要求した。

「ずいぶんと無茶を言うたんやから、それくらいええやろう」

凪の訴えを鋼太郎は優しく受け止めた。

「はい、わかりましたよ」

鋼太郎は直垂をさっさと脱ぎ、今は普段着ているような着物姿になっている。鋼太郎の容貌が目立つのか、若い女性の視線が集まる。隣にいる凪のこともじろじろ見るものだから、いい迷惑だ。

迷惑料は、屋台でのおごりぐらいで済んでいるのだから、自分に感謝するべきだ、と凪は思う。

「ほら、綿あめですよ」

手渡されたものに凪はかぶりついた。

綿あめを食べながら、凪は鋼太郎の横顔をちらりと見る。

はたからは、自分たちはどのように見えるのだろう。凪はそんなことを思った。

兄妹か、それとも親戚の子どもを連れているように見えるのかもしれない。

恋人には見えないだろうな。見えたら、それはそれで正直嫌だなと凪は思う。顔がいいだけの胡散臭い鋼太郎と恋愛をするくらいなら、一生ひとりのほうがマシだ。

鋼太郎との関係には、相変わらずうまく名前がつけられない。安易な言葉で片付けることができるなら、凪はこうも鋼太郎に対して苦々しく思うことはなかった。

隣に立っても恥ずかしくない人になりたい。

それが凪の胸の裡で根付く願いだ。ずっとずっと幼い頃から、凪は願っていた。

幼かった頃の凪にとって、鋼太郎はずっと憧れだったのだ。

自分の将来をしっかりと見据えて、人のために、業界のために歩んでいる鋼太郎が、昔から眩しかった。

じっと見ていたせいだろうか、鋼太郎は目が合うとふわりと笑った。

「鋼太郎の笑顔って胡散臭いな、ほんまに」

この胡散臭い笑顔だけはだめだ。虫酸《むしず》が走る。

「凪だけですよ、私の笑顔を胡散臭いと言うのは」

少し拗ねた顔を見せる鋼太郎に、「だって胡散臭いんやもん」と返す。笑っている鋼太郎より、こっちの拗ねた顔のほうがまだ凪は好きだ。

視線の先には、金魚掬いをしている少女がいた。腕を動かすたびに、桃色の兵児帯《へこおび》がふわりとうねる。

八年前、鋼太郎と一度だけ行った夏祭りで、凪もああやって金魚を掬ったことがある。

「掬いますか？」

鋼太郎の提案に、凪は首を振る。

「昔あんたが掬った金魚がまだ二匹もおるんや。これ以上はいらんわ」

何度も失敗する凪に代わって、鋼太郎が二匹掬い上げてやったのだ。それはまだ高落家で暮らしており、袖廊下の奥を占領している。

「鯉やったら、捌いて食ってしまえたのにな。金魚やから世話をし続けなあかんから、かなわんな」

金魚は小さいし、小さな骨も多いだろうから食べるのには苦労する。鯉のように大きかったら、洗いにでもして食べたものを。

「なので、うちは次はたこ焼きを所望する。あんたに頼まれたことをするために、めっちゃお腹すいたんや」

凪は屋台を指差した。屋台の店主はくるりくるりと器用にたこ焼きを返していく。

「おっちゃん、十六個入りをひとつ」

「あいよ」

「すみません、あとラムネをふたつください」

袂から財布を出し、鋼太郎は飲み物を追加した。片方を凪に手渡さないまま、どこか座るところを探そうと言う。

「そろそろ花火が始まるでしょう」

夜の帳《とばり》がすっかり下りて、提灯明かりが眩しく感じるようになった。人の往来が激しく、たしかに歩きながらたこ焼きを食べるのは難しいだろう。

「穴場に行きましょうか」

鋼太郎は凪の手を引いて、人ごみを抜けていく。

流れとは逆方向なのに、するすると歩けるのだから不思議なものだ。鼻緒が痛くならないように、鋼太郎は遅くもなく速くもない速度で凪の手を引いて歩く。

白くて美しいとばかり思っていた鋼太郎の手も、内側が意外に硬いのに、凪は驚いた。

「鋼太郎の手って硬いんやな」

「やわい手のままでやれる仕事でもないでしょう」

鋼太郎も店に立っては、包丁を研ぐこともあるし、柄を付けることもあるのだ。

「ほら、ここです」

眼前に広がったのは、海だった。花火は海のうえであげられるので、ここだったらまさに一望できる。

鋼太郎が言うとおり穴場らしく、あまり人が多くなくて静かに花火を見ることができそうだ。

海に向かって開けたコンクリートの階段に、鋼太郎はハンカチを広げる。

「ほら、ここに座ってくださいな」

「たいそうな男やな」

凪は嫌味を言いながら、ハンカチの上に腰を下ろした。

凪はたこ焼きを食べながら、のんびりと花火を待った。鋼太郎もなにも言わないままラムネを飲んでいた。

遠くから祭り囃子のざわめきが聞こえてくる。

海からの風が吹き、なまぬるい潮の香りが鼻腔をくすぐった。

ふたりの間にあったのは、それだけだった。

「……熊は？」

気まずさに耐えかねたというわけではなく、自然と凪の口から言葉が漏れた。

「夏祭りを堪能していますよ」

「そっか。……うちな、鋼太郎が熊を連れてきたこと、怒っとるんやで」

凪は静かに告げた。

「鋼太郎がなにか急に顔を出すようになって、わけのわからんことをしだすし、ほんまにえらい目に遭った」

怒っているにしては、柔らかい口ぶりだった。

「怒られるのはわかってました。でも、どうしても凪にはもっといろいろな人と関わっていてほしかったのです」

凪が高校を卒業してから修業にすぐ入ったことが、凪の見識を狭めているとは鋼太郎は思っていない。

ただ凪は家に籠ったまま、家族以外とはろくに話をしない。自分から世界を拒絶しているような様子を見ているのは、鋼太郎には辛かった。

もし自分の投げかけた青くさい言葉が、凪の心に棘《とげ》を残したままなら、抜きに行かなければと思ったのだ。

かつてこの町が海の向こうとの交流で栄えたように、凪にもいろいろなものと接して、心を豊かに培ってほしい。それが鋼太郎の自分勝手とも言える願いだった。

凪にそんな思いが伝わっているのか、鋼太郎にはわからない。

「でも、もうええわ、許す」

「……ありがとうございます」

穏やかな横顔に鋼太郎はほっとする。

「それに熊のこともな、案外気に入っているんや」

ビヨーンのおかげで凪は父、貞行の一面を知ることができた。父親としての貞行はずっと許せなかった。でも包丁に両面があるように、貞行には凪に見せなかったもう一面があったのだ。

「ビヨーンに言うべきことですよ、それは」

「なら、ここに呼ぼうか。たんと屋台のものを買ってきてもらって、三人で宴会をせえへん？」

「名案ですね」

鋼太郎がビヨーンに電話をかけると、すぐにこちらへやってくるという。凪は鋼太郎の携帯を奪って、ビヨーンに買ってくるものを指示した。

本当にちょっとした宴会だな、と鋼太郎はおかしくなる。

「あ、そうや。鋼太郎」

「なんですか？」

まだなにかあるのだろうかと鋼太郎は首を傾げる。

「うちはあんたが胡散臭く笑うところ、嫌いやからな」

「……え、そこまで胡散臭いですか？」

正直鋼太郎はショックだった。

商売柄笑顔が大事と言われているし、決して取り繕うように笑っているつもりではないのだが、凪に嫌われるくらいに胡散臭かったのか。

「仕返しや」

凪はいたずらっ子のように笑うと、空を見上げた。

鋼太郎はなにか言おうかと思ったが、やめた。

「ほら空に月が浮かんどる」

鎌のように細い刃の形をした月だった。

「あの月を研いだらどんな音がするんやろうな」

凪は小さな笑みを浮かべて笑った。

鋼太郎は昔のように凪のまろい頬を撫でてみたい気持ちになったが、そんなことをすれば、また怒られるだろうと思って手を伸ばすのをやめる。月を研ぎたいだなんて考えるのは、凪くらいだ。

普通の人は月を見上げるだけで、手を伸ばすことすらしない。

月は遠い場所にあるものだと思って、見上げるばかりだ。

「さぁ、どんな音でしょうね」

遠くからふたりを呼ぶビヨーンの声がした。屋台で買ったものを腕いっぱい抱えて、走ってくる。凪は立ち上がって、大きく手を振った。


〈了〉

あとがき

旅をするのが好きです。

とりわけ好きなのは、遠くで暮らしている友人を訪ねるための旅です。

普段どれだけ連絡をとりあっていても、けっして伝わらないものがある。だから会いに行くことで、伝わらなかったものがほんの少しだけ埋まる気がするのです。

と言っても普段は旅行に行く暇もないので、ご当地ものと呼ばれる小説を読むことで旅をしているような気分になっています。

物語の中に登場する素敵な風景やおいしい食べ物に触れると、まるで友人を訪ねるように、物語のなかで主人公の住んでいるまちへ旅をしている、そんな気持ちになります。

それがご当地ものの小説の醍醐味かなと思っています。

『七まちの刃～堺庖丁ものがたり～』は、堺を舞台にした物語です。堺はこんな素敵なまちですよ、と私なりに詰め込んでみました。

この物語を通じて分かち合うことができましたら、幸いです。

末筆になりましたが、担当の山田様、定家様。本書はおふたりのお力なくしては、本作はありませんでした。

ここに厚く御礼申し上げます。

遠原　嘉乃

この物語はフィクションです。
実在の人物、団体等とは一切関係がありません。
本書は書き下ろしです。

■主な参考文献
『包丁入門：研ぎと砥石の基本』加島 健一（柴田書店）
『世界で一番美しい包丁の図鑑』ティム・ヘイワード（エクスナレッジ）
『包丁と砥石』（柴田書店）
『庖丁：和食文化をささえる伝統の技と心』信田 圭造（ミネルヴァ書房）
『有次と庖丁』江 弘毅（新潮社）

■ご協力いただいた取材先
森本刃物製作所
富樫打刃物製作所
芦刃物製作所
伊野忠刃物製作所

遠原 嘉乃先生へのファンレターの宛先

〒101-0003　東京都千代田区一ツ橋2-6-3　一ツ橋ビル2F
マイナビ出版　ファン文庫編集部
「遠原 嘉乃先生」係

Fan ファン文庫

七まちの刃
～堺庖丁ものがたり～

2019年1月20日　初版第1刷発行

著　者　遠原 嘉乃
発行者　滝口直樹
編　集　山田香織（株式会社マイナビ）　定家励子（株式会社イマーゴ）
発行所　株式会社マイナビ出版
〒101-0003　東京都千代田区一ツ橋2丁目6番3号　一ツ橋ビル2F
TEL　0480-38-6872（注文専用ダイヤル）
TEL　03-3556-2731（販売部）
TEL　03-3556-2735（編集部）
URL　http://book.mynavi.jp/

イラスト　くっか
装　幀　AFTERGLOW
フォーマット　ベイブリッジ・スタジオ
校　正　株式会社鷗来堂
ＤＴＰ　富宗治
印刷・製本　図書印刷株式会社

 ISBN978-4-8399-6735-2
Printed in Japan

Fan
ファン文庫

河童の懸場帖《かけばちょう》　東京「物ノ怪《もののけ》」訪問録
～零れ桜にさよならを～

あやかしにしか分からない悲しみがある。
人気シリーズ第３弾！

一緒に販売ルートを回る麻里は、会社で唯一河野の正体を知る理解者だ。彼の様子に違和感を覚え、穏やかな彼が珍しく喧嘩したことを知った麻里は、原因を知るため事情通の百目鬼を訪ねるが？

著者／桔梗楓
イラスト／冬臣